EL PODER DESENMASCARA

ROSE MARIE TAPIA R.

I.S.B.N. 9962656192

Copyright © 2013.

Rose Marie Tapia

Portada: Manuel López

EDITORIAL AMAZON

CAPÍTULO 1

—Monsi, ¡Rigoberto González sufrió un infarto y está muerto!

—¿Quién?

—¡El presidente, pendejo! ¡Despiértate! ¡Ahora tú eres el jefe!

Con el asombro de un niño que presta atención a su historia favorita, Simón Valdivieso escucha los detalles que le cuenta su hermano, y se le hace difícil comprender que no se trata de un sueño. El lunes por la noche, apenas unas horas antes, coincidió con el presidente en la fiesta de cumpleaños de un acaudalado empresario. Aunque trató de pasar inadvertido, el hombre lo llamó a gritos hasta la mesa en la que estaba con varios amigos y un buen número de mujeres.

Ahí, delante de todos, como era su costumbre, lo abrazó y repitió esa frase que tanto detestaba escucharle: «Hermano mío del alma», y hasta insistió en que se tomara un trago con él, en honor al cumpleañero. No tuvo más remedio, bajo las luces de las cámaras de televisión, hacer como si tomaba aquel vaso, pero apenas pudo. Estrechó la mano del agasajado y salió del local, casi corriendo. No quería compartir un mismo espacio con quien le demostró en el último año ser un gran traidor.

Desde que se rompió la alianza de gobierno fueron meses de humillaciones continuas. No solo fueron despedidos de los cargos públicos todos sus principales copartidarios, sino que a muchos de ellos se les inició una persecución inmerecida, con acusaciones infundadas que no resistían ni siquiera una presentación formal ante los juzgados competentes. Las redes sociales, Internet, los medios de prensa que servían al régimen, todos fueron lugares adecuados para que se publicara cuanta basura se quería decir o mostrar acerca de quienes eran considerados «enemigos» de Rigoberto González. A él mismo, en cada ocasión que asistía al Consejo de Gabinete, como era su deber, se le demostraba desprecio con cada acción del mandatario y de sus esbirros, procurando afectar su imagen. No iba a negarlo: en más de una oportunidad, incluso en contra sus principios, deseó ver muerto a su ahora enemigo.

Por eso, las palabras de su hermano sonaban tan extrañas en el teléfono.

—No puede ser, no lo creo. ¿Quién te lo dijo?

—El ministro que no se le despega ni cuando va al baño. Me comentó que después de la fiesta de cumpleaños, se fueron para la casa de uno de ellos, con las mujeres. A eso de las dos el tipo cayó inconsciente. Ellos suponían que era por la borrachera, pero al parecer fue un ataque cardiaco. Cuando lo subieron a la ambulancia, ya iba muerto. Pero aún no se ha dado la noticia.

—Son las cuatro y media. Eso no podrá mantenerse en secreto. Apenas abran sus programas las emisoras y la televisión, se sabrá el asunto. Pero, sigo sin creer. A lo mejor es una trampa. ¿Por qué tendría que llamarte el ministro para confiarte algo así?

—¿No comprendes? Rey muerto, rey puesto. El cínico está buscando la forma de quedar bien contigo.

Simón Valdivieso guardó silencio un instante. Tantas ofensas soportadas a ese déspota, para que ahora, en un instante, por un latido en suspenso de ese corazón perverso, él se viera con el poder en las manos. Con todo el poder de la nación.

—¡Monsi! ¿Te volviste a dormir?

—¿Cómo se te ocurre? Ni siquiera estoy en la recámara. Apenas te contesté, salí hacia el estudio, para no despertar a Ana Gabriela. Pero dime algo, ¿cuántos meses le quedaban a ese maldito?

—¿Por qué lo preguntas? Tú lo sabes.

—Solo quiero escucharlo de tu boca.

—Tres meses.

—¿Y crees que por tres meses debo yo echar abajo mi carrera política?

—¡Sabía que dirías eso! Ni yo, y es probable que tampoco la dirección del partido, consideraremos prudente que asumas el mando en este momento. Sí, técnicamente, eres el presidente, pero tácticamente no te conviene.

Tarde o temprano ese glotón de mierda moriría de esa manera. Se atragantaba como un condenado a muerte; además era un borracho empedernido que mezclaba el licor con medicamentos para su hipertensión, con afrodisiacos y con mujeres. Ese era el justo castigo que merecía. Tanto tiempo arrepintiéndome de haber accedido a respaldarlo para que ahora me encuentre en este dilema. Si cumplo con la ley, ocupo el lugar que deja ese maldito, pero a la vez me cierro las puertas a un mandato completo, en propiedad, como el que me corresponderá en las próximas elecciones, sin dudas. Por algo soy el candidato mejor evaluado por los votantes en todas las encuestas realizadas hasta el momento.

—Monsi.

—Sí, aquí estoy. Mira, déjame pensar en esto hasta el amanecer. Entonces tomaré una decisión.

—Yo creo que debes presentar tu renuncia al cargo de vicepresidente.

—¿Crees que en la Asamblea me la aceptarán? La mayoría de los diputados comen de la mano de González.

—Comían.

—Te agradezco el que me hayas informado. Si surge algo nuevo, no dudes en comunicarte.

Cerró el teléfono y se asomó por la ventana. Las calles comenzaban a dejar oír su estrépito diario, y a lo lejos podía verse cómo despertaba la ciudad, sin imaginarse el drama que se avecinaba.

CAPÍTULO 2

Para muchos, el vicepresidente Simón Valdivieso era un hombre enigmático. Sin embargo, los que estaban a su alrededor podían decir que, a sus cuarenta años, su afán infantil por agradar, su afición constante por hacer cosas que ayudaran a otras personas, eran su principal característica. Con su sonrisa a flor de labios, parecía un niño de escuela primaria que todavía temiese a los regaños de su madre. No obstante, la campaña política de los últimos meses, y en particular sus constantes enfrentamientos con González y el candidato oficialista, parecían haber amargado su carácter.

No tuvo el valor de enfrentarme y decirme lárgate del gobierno, no me interesa continuar aliado contigo. Prefirió el golpe a traición, la puñalada trapera. Lo peor de todo fue que quedé malparado ante mis compañeros de partido, quienes me reprochaban que rompiera la alianza sin pensar en los miles de empleados que serían destituidos. No tuve alternativa, fue un acto desesperado para salvar mi dignidad pisoteada. Pero a la vez, al perder su confianza, evité tener que ocupar la silla durante alguno de sus faraónicos viajes. Por eso hoy puedo contar con el apoyo de los ciudadanos, que desean convertirme en el próximo presidente de la República. Pero todo eso se termina si asumo el cargo que me corresponde.

Una llamada telefónica interrumpió las reflexiones del vicepresidente Simón Valdivieso. De inmediato reconoció la voz de Javier Manizales, el ministro de seguridad. Se le pedía que acudiera con urgencia al palacio presidencial, sin darle las razones. El ministro se limitó

9

a recalcarle que a las 7:00 a. m. se iniciaría una reunión extraordinaria del Gabinete.

El vicepresidente no soportaba a Manizales. Su fanfarronería, su habitual sarcasmo, su falta de modales, lo hacían despreciable, casi una bestia a la que todos esquivaban, menos el grupito al que él pagaba bien para que alimentara su egolatría. Nadie en el país desconocía que Manizales era el ejecutor directo de las órdenes de Rigoberto González en cualquier hecho en el que él interviniese. En esta ocasión, sin embargo, le habló con un tono que hasta podía considerarse como cortés. Le aseguro que allí estaría sin falta.

Simón llegó al palacio presidencial a la hora acordada. Ya los ministros del gabinete se hallaban en la sala, cada uno en su respectiva posición. En el puesto que antes ocupaba el presidente, se encontraba el ministro de seguridad. Simón se mantuvo de pie frente a ellos y el ministro Manizales le señaló la silla contigua, la que siempre ocupó en las reuniones de Estado.

Tuvo que controlarse; la silla principal le correspondía por ley, no obstante, se contuvo, pues oficialmente nadie sabía aún del fallecimiento del presidente. Se sentó y mantuvo las manos debajo de la mesa mientras apretaba los puños con fuerza para mantener la calma. El ministro Manizales inició la reunión con un tono de voz más alto del que utilizaba normalmente.

—Los he convocado para darles una mala noticia, la peor que ustedes se puedan imaginar.

Guardó silencio un instante, como buscando fuerzas para continuar. Valdivieso bajó la mirada para que los demás no sospecharan que ya conocía los hechos.

Esbirro de mierda, ya se terminó tu reinado, apenas me instale en la presidencia, te sacaré a patadas a ti y a todos los cuervos que rodean la carroña de este gobierno corrupto. Ya veré si cuando sales de este puesto, podrás seguir enfrentando con desplantes los cuestionamientos de particulares y de jueces que querrán saber cómo es que en un par de años te has convertido en uno de los políticos más acaudalados.

El ministro Manizales continuó. Hablaba despacio, como para que sus palabras quedaran grabadas en sus compañeros.

—Lo que se diga aquí tiene carácter confidencial por el momento, pues debemos atender temas sensitivos aún, y los medios de comunicación no deben enterarse de lo que tratamos.

Ninguno de los presentes hizo comentarios. Simón Valdivieso, a duras penas, disimulaba su disgusto.

—Señores, amigos. Nuestro querido presidente Rigoberto González murió hace un par de horas, mientras atendía asuntos relacionados con su cargo.

Los presentes, a excepción del ministro de seguridad, miraron a Simón, pero este se mostró imperturbable. Manizales contó que él estaba con el presidente en el festejo que se le hacía al amigo que cumplía años, y que de pronto el mandatario le dijo: «Ayúdame, me siento mal»; luego, él llamó a la ambulancia, pero todo fue inútil: el presidente exhaló su último suspiro en sus brazos. El ministro de seguridad les recordó el estrés que había padecido el presidente a raíz del incidente ocurrido durante una reciente conferencia de prensa.

Todos los reunidos tenían en mente esa ocasión, cuando el presidente González perdió la compostura ante un periodista de televisión, que lo cuestionaba por una compra directa de medicamentos a una empresa española, gestionada por el hijo del mandatario, quien no ostentaba ningún cargo oficial en el gobierno. El mandatario no lo dejó terminar la pregunta; se le abalanzó y le gritó que respetara a su familia, mientras intentaba apretarle el cuello al comunicador. Fue necesario mucho esfuerzo para apartarlos, mientras que los micrófonos y las cámaras registraban los gritos histéricos del mandatario, afirmando: «Te arrepentirás, desgraciado, te lo aseguro».

Esa misma noche, cuando el periodista salía de las instalaciones del canal, fue acribillado a balazos por dos sicarios que se dieron a la fuga. A la mañana siguiente, el presidente habló al país para expresar que el periodista había sido asesinado por los enemigos del gobierno que querían comprometerlo, pero que esto no les resultaría, y ordenó a las autoridades investigar el hecho «hasta las últimas consecuencias».

Los políticos opositores desfilaron por todos los programas de radio y televisión, culpando al presidente del hecho, seguidos al poco rato por los voceros del mandatario, quienes intentaban desvirtuar todo lo dicho con un solo planteamiento: existían grupos interesados en desestabilizar el gobierno y esa era una manera de lograrlo, pero el pueblo sabía bien que el presidente no era un asesino, como otros políticos que sí lo eran o lo habían sido en el pasado reciente. Y así, con una acusación en lugar de otra, procuraban diluir las responsabilidades.

El ministro de seguridad continuaba contando la historia desde su particular punto de vista.

—Hasta ahora, solo los médicos y nosotros sabemos de la defunción del presidente. Nuestro deber es asegurar que las cosas seguirán marchando como debe ser, sin que esto signifique que el país queda en acefalía.

¿Y dónde deja la Constitución este mequetrefe? El vicepresidente soy yo, y ya debería declararlo. Está dándose demasiada importancia en todo esto.

—Nuestro deber, señores ministros, señor vicepresidente, es unir esfuerzos por hacer que el país permanezca en calma y pueda presentarle sus respetos al presidente. En estas últimas horas, he pensado mucho en el papel que nos corresponde a cada uno. Entiendo que usted es uno de los candidatos electorales más sólidos para las próximas elecciones, vicepresidente Valdivieso. Creemos que si elige asumir el cargo por estos meses que faltan, su futuro político se verá comprometido.

—En estos momentos estamos aquí para cumplir con la Constitución y velar por el futuro del país, ministro Manizales, no para pensar en mi futuro político.

Eso me salió como parte de un discurso ensayado, pero es lo que debí decir, sin duda. Yo tampoco creo que por estos cuantos meses deba arruinar una presidencia segura, que la merezco, después de tanta burla de ellos y tanto esfuerzo de mi parte. Es bien sabido que en este país solo unos cuantos presidentes no han cumplido cabalmente con su periodo, y González se suma a esa lista, pero no quisiera ser yo otro de esos. Es obvio que a Manizales, quien se cree el ministro ungido por González, se le hace agua la boca por sentarse en la silla. Y viéndolo bien, a mí me convendría, pero no le voy a permitir que esto le resulte tan fácil.

—Señores, antes de morir Rigoberto, quien fue como un padre para todos nosotros, en sus últimas palabras me pidió que me ocupara de mantener el partido unido como hasta ahora, que es el más grande del país, y voy a cumplirle esa palabra. Vicepresidente Valdivieso, sus aspiraciones hasta ahora han sido como líder de la oposición, y lo comprendemos. Pero como gabinete, entenderá que nuestras preferencias electorales están comprometidas con el candidato oficialista Arístides Jaén. Creo que es oportuno el momento, dadas sus controversias con nuestro presidente, ahora difunto, que usted cambie su actitud y también lo respalde, para llegar al poder como lo hicimos antes, unidos.

—Entiendo, ministro, ¿qué me propone, renunciar a mis aspiraciones?

El ministro Manizales hizo el gesto típico que anunciaba que iba a lanzar una de sus ofensas al interlocutor, pero luego tragó en seco, miró a todos los presentes, que mantenían absoluto silencio, y respondió:

—Usted ya no puede seguir aspirando a nada, vicepresidente. Su deber es ocupar el puesto de nuestro mandatario, que Dios tenga en la gloria. Lo que le pido es que, por el bien del país y del conjunto de obras que están en marcha, al dar ese paso nos respalde. No creo que su candidato a vicepresidente, ¿cómo se llama?

La pausa que hizo para recordar el nombre del candidato a vicepresidente por la oposición no tenía otra función que la de exasperar a Valdivieso. Alguien le susurró un nombre desde uno de los costados, y él continuó:

—Ah, sí. Justo Sucre. A propósito, creo que ya lo he dicho en los medios, a ese tipo le quedaba grande su papel como presidente de la Alianza de los Ciudadanos, y mucho más grande le queda la candidatura presidencial, que le corresponderá a partir de ahora.

—Mira, Manizales —cuando Valdivieso tuteaba a un funcionario no era por buenas razones, y los presentes sabían eso—. Guarda tus sarcasmos para otro momento. Aquí hay una situación delicada, y aprovecho para señalar que estás asumiendo papeles que no te corresponden, pero eso lo veremos luego. Lo cierto es que debo consultar la decisión que tomé con mi partido, y eso requerirá algunas horas. Antes del mediodía tendrán ustedes, señores, mi decisión oficial al respecto. Ahora, con su permiso.

El vicepresidente se levantó y, sin más, salió del recinto, dejando un mar de cuchicheos a sus espaldas. Cuando cruzó la puerta del palacio presidencial, iba dando grandes zancadas, como si temiera ser retenido.

Valdivieso le pidió a su conductor que lo llevara de regreso a la casa. Por el camino, ordenó que se convocara a una reunión a las 9:00 a. m. a toda la dirigencia de su partido. Debía consultar con ellos el siguiente paso. Evitó dar avances de los acontecimientos. Solo se limitó a decirles que la convocatoria era de carácter urgente y no admitiría excusas.

En la casa, apenas escuchó el auto, Ana Gabriela, su esposa, salió a recibirlo. Ella, mujer y madre, tenía un sexto sentido que le permitía intuir que algo más extraño de lo normal estaba sucediendo.

—Simón, ¿pasa algo malo?

El hombre no le contestó de inmediato. Se ocupó en recoger algunos documentos que venía revisando en el camino. Cuando respondió, lo hizo con una evasiva.

—¿Y Juansi?

—En la escuela. Te hice una pregunta.

Ana Gabriela estaba parada frente a él, ocupando el vano de la puerta por donde él debía pasar. Era evidente que esperaba una respuesta concreta de su marido.

—Mi amor, el presidente, falleció.

—¿Qué? ¿Cómo sucedió eso?

—Bien sabes en lo que él andaba. Excesos de todo tipo. Y no aguantó más.

—Pero, ¿cuándo ocurrió eso? En la televisión no han dicho nada.

—Acabo de enterarme.

El vicepresidente entró a la casa seguido de su mujer. Era evidente la preocupación de ambos.

—¿Y qué vas a hacer?

—Tengo que cumplir lo que dicta la ley. No hay otro camino.

—¿Vas a renunciar a tu candidatura?

—No hasta que converse con mi partido. Debo salir para allá; en menos de una hora tendremos que tomar una decisión como colectivo. En lo particular, te confieso que no me interesa para nada asumir este barco en llamas y a la deriva, que en realidad es lo que nos deja González.

En ese momento sonó el celular. Valdivieso fue hasta una esquina y conversó brevemente con alguien. Su esposa lo miraba casi sin pestañear. Cuando cerró la llamada vino hacia ella y le dio un abrazo.

—Era mi hermano. Está verificando que la reunión comience puntualmente. Ya ha confirmado a casi todos los dirigentes. Pero él también tiene problemas.

—¿Qué le pasa?

—Julieta no llegó a la casa anoche. Él estuvo hasta tarde en la calle, fue él quien me informó de la muerte del presidente. Imagínate, en qué momento vienen a agravarse las cosas de su parte.

—Debo decirte algo.

La tomó por el brazo y la llevó hasta la alcoba, mientras se iba cambiando la camisa.

—Mi vida. Debo salir ya hacia la sede del…

—Ya no hablamos, desde hace tiempo siempre hay algo que te apresura, que…

—No en este momento. ¿Ya ves la magnitud de los

sucesos que nos rodean? Ahora no, te prometo que luego nos sentaremos a charlar una tarde entera.

—Es sobre Julieta.

Valdivieso se congeló con la corbata a medio anudar. Volvió a ver a su mujer con intranquilidad.

—¿Qué sabes de mi cuñada?

—El sábado, al mediodía, Julieta me invitó a almorzar. Yo no tenía deseos de ir, pero ella insistió. Cuando estábamos en el restaurante, llegó Adolfo Paz, rodeado de dos guardaespaldas, se acercó a saludarla y ella me lo presentó como la gran cosa. De inmediato sentí una alerta. Tú sabes la clase de pelafustán que es ese hombre. Preguntó si se podía sentar con nosotras y le respondí que no. Julieta se indignó de tal manera que creí que iba a dejarme sola en el restaurante. Pero Paz se hizo el digno y fue a sentarse en otra mesa. Lo vi escribir algo en el teléfono y de inmediato le ingresó un mensaje a Julieta en el de ella. No demoramos mucho allí. Pero cuando salimos, ella buscó una excusa para regresar al restaurante y no salir juntas. Sé que volvió a verse con él.

—Me cuesta creerlo.

—¿Piensas que te estoy mintiendo?

—Para nada, sin embargo, me extraña, porque ella adora a mi hermano, ya te lo dije.

—A mí no me convence ese gran amor que ella manifiesta. Cuando me llamó dizque para excusarse, la puse en su lugar y le dije que no me usara de coartada.

—No sé qué pensar. Imagínate, con todo este enredo, y bien sabes que no solo es un diputado, él es mi hermano y mi mano derecha para todo. Lo necesito con la cabeza fresca.

—En verdad, no creo que a Julieta le haya pasado algo malo. Debe haberse pasado de tragos con el tipo ese.

—Esperemos que aparezca. Debo irme.

Valdivieso le dio un beso a su mujer y salió nuevamente a la calle. En esta ocasión iba a buscar el respaldo necesario para tomar una decisión trascendental en su vida, y la del país.

CAPÍTULO 3

En las afueras de la sede del partido se hallaban varios de los dirigentes, conversando. Para ellos, el motivo de la reunión no podía ser otro que algún cambio en las estrategias de la campaña, y en ese sentido conversaban. El diputado Valdivieso aguardaba dentro de su auto, realizando llamadas a los que aún no se apersonaban a la sede. Apenas vio llegar a su hermano, salió a recibirlo.

—Monsi, ya casi están todos. Creo que podemos comenzar la reunión. Los demás se sumarán o se les informará después.

—¿Supiste algo de Julieta?

—Nada, aparte de lo que te conté.

—Voy a preguntarte algo y contéstame sin rodeos porque no tenemos tiempo. ¿Tú has vuelto con Adelina Moreno?

—Monsi, tú sabes que…

—Contéstame pronto.

—Está bien. Hemos intentado separarnos varias veces, pero no ha funcionado. Nos conocemos desde la secundaria, tú lo sabes, y la verdad.

—¿La verdad es qué?

—Ella es el amor de mi vida.

—¡Pareces un chiquillo! Sabes bien que nunca he compartido esa relación. Es más, cuando nombraron al hermano como jefe de la Policía, te advertí que era un buen momento para que ustedes terminaran esa relación malsana. Las relaciones políticas tuyas y las familiares de ella no son compatibles. Aparte de que das un mal ejemplo ante la sociedad.

—Monsi, sermones, no, por favor. Además, ¿qué tiene que ver esto con lo que estamos por afrontar?

—Mucho. Justo ahora que te necesito con la mente más despejada posible, desaparece Julieta. O al menos se va de la casa.

—¿Crees que se fue? Nos hemos peleado. Lo de Adelina lo he mantenido en secreto todo el tiempo.

—Otra cosa, y terminamos esto por el momento. ¿Se te ha ocurrido pensar si ella, a la vez, tiene un amante?

—¿Qué? ¿Por qué me preguntas?

En ese momento llegaron hasta ellos una media docena de dirigentes. Por la expresión en su rostro, los hermanos Valdivieso entendieron que estaban disgustados. Muy disgustados.

—Simón —el que lo enfrentaba era el viejo Olegario Puertas, la voz más respetada dentro del partido, por su extensa hoja de vida y las campañas que debió librar en defensa de los principios doctrinarios, aun en los tiempos duros de los militares—. ¿Cómo pudiste hacernos esto?

—¿Hacerles qué, Olegario? —El semblante del vicepresidente reflejaba extrañeza.

—¡Una decisión como esa tenía que ser consultada antes, Simón! ¡Esto es un barco, y si decides hundirlo, recuerda que somos muchos los que estamos a bordo! ¡La situación del país no está para improvisaciones ni actitudes personalistas!

La forma retórica con la que se expresaba Olegario Puertas era conocida en todo el país. Cualquier expresión que dijera, la acompañaba siempre de frases y palabras coloridas, recuerdo de las épocas en que iba por cada pueblo lanzando discursos para obtener el voto, para sí o para el líder del partido. Y aunque estaba acostumbrado a escucharlo a menudo, en esta ocasión el vicepresidente Valdivieso no le entendía nada.

—Olegario.

—¡Olegario nada! Tuvimos que saber por la televisión que renunciabas a tu responsabilidad como presidente de la nación; en principio, entiendo tus prioridades, que deben ser las nuestras. ¡Pero, carajo, consúltalo!

—Miren, señores —ahora se dirigía al grupo de copartidarios que se arremolinaban a su alrededor—. Caminemos hacia la sala. Tengo mucho de qué hablar con ustedes.

—¡Ya para qué! —la que interrumpía ahora era Benedicta Grajales, otra reconocida dirigente del partido, famosa por encabezar varias huelgas de hambre frente a la iglesia catedral—. Ese ministro corrupto, Manizales, salió anunciando la muerte del presidente y tu renuncia a cumplir con lo que manda la Constitución.

La información tomó por sorpresa al vicepresidente y a su hermano. Ambos se miraron estupefactos. Esa jugada de Manizales buscaba sacarlo a él de la contienda política y enfrentarlo con la opinión pública y, posiblemente, hasta hacerlo objeto de un juicio político. En efecto, apenas entraron a la sede, pudieron ver a otro grupo de copartidarios mirando el «Mensaje a la Nación» que emitía Manizales con todos los ministros a su lado.

Según la versión dada en el mensaje, el vicepresidente Valdivieso se había negado a tomar posesión del cargo, por lo que el Consejo de Gabinete decidió esa misma mañana escoger como «presidente encargado» al ministro Manizales, quien le daría continuidad a la gestión de fallecido González hasta el final del periodo, es decir, dentro de tres meses exactos. Para rematar, Manizales expresaba su «profundo pesar» por la actitud del vicepresidente Valdivieso, quien consideró más importante su campaña política que cumplir con la Patria, por lo que él asumía la responsabilidad y el sacrificio que conllevaba el cargo, y se imponía como primera función organizar las exequias presidenciales, las que se harían efectivas el jueves siguiente a las once de la mañana en la plaza de la Catedral.

Cuando los periodistas le preguntaron dónde se hallaba el vicepresidente, Manizales, con su gesto característico de fastidio, contestó que supuestamente había ido a presentar su formal renuncia como vicepresidente ante la Asamblea Nacional.

—¡Señores, silencio, por favor! —gritó el vicepresidente Valdivieso—. Lo que se está cometiendo es una vil patraña. Manizales está mintiendo para beneficio suyo y de sus compinches. Después de la reunión del gabinete, hace un par de horas, fui a mi casa y vine de inmediato, luego de citarlos a ustedes, como bien les consta a cada uno. En ningún momento renuncié a mi deber. Solo les pedí a los ministros que me permitieran reunirme con ustedes para tomar una decisión bien pensada. Pero él, como buen discípulo de González, prefiere la mentira y el engaño para alcanzar dos fines: asegurarse de que no estaré al frente del Ejecutivo y a la vez desprestigiarme como candidato, tal como lo está haciendo ya.

—Yo te creo, Valdivieso, ahora sé que estás hablando con la verdad pura, pero, ¿te va a creer el pueblo soberano? —se alzó la voz de Olegario—. Ahora mismo ellos partieron por delante. ¿Qué piensas hacer?

—Por lo pronto, ir a los medios a desvirtuar esta mentira. Ya estoy recibiendo llamadas de varios periodistas. Pero no contestaré sin antes consultarles a ustedes, ¿me respaldarían en caso de asumir la presidencia por los tres meses que faltan? O, en cambio, ¿apoyarán que siga como candidato opositor y renuncie a la vicepresidencia? Para eso los convoqué. Quiero oír sus opiniones.

—¿Y qué dices tú? —lo cuestionó Benedicta.

—Lo que digo en este momento es que el deber es el deber, y debemos actuar rápido. Esta iniciativa de Manizales no tiene otro objetivo que el de usurpar el poder, y ya sabemos cuál ha sido su conducta como ministro: vulgar, grosera, corrupta en todo sentido. Entonces, lo que digo es que debemos evitar que eso se lleve a la realidad.

Valdivieso percibió aprobación en la cara de los dirigentes. Su hermano lo tomó por un brazo y lo llevó dos pasos más adelante, hacia la gente.

—Señores, lo que dice el vicepresidente es cierto. Hay que tomar medidas inmediatas para evitar que esto se consume. Vamos a los medios a desvirtuar las mentiras expuestas por Manizales. Yo iré con mi hermano a los canales de televisión. Ustedes vayan en grupos a los diarios y a las emisoras.

Los dirigentes se miraron entre sí unos segundos, dejaron salir uno que otro cuchicheo, hasta que voluntariamente formaron grupos y se dirigieron a sus autos a cumplir el cometido.

Camino a la televisora, Valdivieso llamó a uno de los directivos de la empresa y le pidió, como un favor personal, que le diera un espacio enseguida para aclarar todo. El empresario no puso reparos, le comentó que él se encontraba en esos momentos reunidos con varios periodistas analizando la situación, y que lo recibiría personalmente, apenas llegaran.

Por el camino, el diputado Valdivieso le comentó a su hermano:

—Monsi, ¿no notas algo extraño?

—Muchas cosas, en este país todo es extraño.

—No me refiero a eso. Te digo que si no has visto algo particular en las calles.

—Venía concentrado en la llamada, pero, ¿a qué te refieres?

—He notado que hay autos policiales en cada esquina, y eso no es común. En cambio, no veo policías en la calle.

—Eres amigo de Ramiro Moreno, ¿no? Llámalo y pregúntale cuál es la razón de ese despliegue.

—Ya lo hice mediante un mensaje de texto. Estoy en comunicación con él desde temprano, por lo de Julieta. Según él, son «órdenes superiores».

—Sí, Manizales. Lo suponía. A propósito, ¿has tenido noticias de tu mujer?

—Ni rastros. Cuando nos interrumpieron, te iba a decir que preferiría saber que está con otro hombre en vez de que le haya ocurrido algo malo.

—Qué amor más extraño el de ustedes.

—Vamos, tú sabes que lo nuestro se apagó hace tiempo.

—Ya te oí eso hace varios años, creo.

—Monsi, tú sabes que mi relación con Adelina Moreno es de los tiempos de la escuela, nos formalizamos cuando yo cursaba el último año en la Facultad de Derecho. Desde ese tiempo yo sabía que ella era la mujer de mi vida.

—¡Ja, ja! Pero no te casaste con ella, sino con Julieta. Suenas cínico, ¿sabes?

—¿Qué querías que hiciera? Ya sabes cómo era papá. Para él, la mujer que entrara en su casa debía ser hija, sobrina o nieta de los fundadores del partido. Como Ana Gabriela.

—Un momento, yo me casé con Ana Gabriela por amor, no por imposiciones.

—Pura coincidencia. Dado que siempre acompañabas a papá a todos lados, y que él nunca iba a nada que no fuera del partido, ¿dónde más ibas a conocer a una mujer?

—No estoy de acuerdo, tuve novias en la escuela que no eran de ese círculo.

—Novias, tú lo has dicho. Pero para casarte, elegiste en los mismos círculos que frecuentaba papá. Yo, en cambio ...

—Sigo sin entender. ¿Por qué no luchaste por ella, como si lo haces por las cosas del país?

—Es que Adelina nunca quiso apoyarme en esa lucha; ella decía que no iba a ser la causante de mi ruina política, que yo tenía un futuro por delante y que no se perdonaría jamás si lo arruinaba. Le escribí un correo larguísimo, proponiéndole que cerráramos los ojos y que nos enfrentáramos a lo que fuera, pero ella, que siempre vive leyendo, andaba por esos días metida en la lectura de una novela de corte político que yo mismo le recomendé. Y como la novela se llamaba «No hay trato», le sacó una foto a la portada y me la envió. Así cerró el tema; dejamos de vernos por un tiempo y un día, sin más ni más, me enteré por los periódicos de su boda con Julián Álvarez.

—Vaya, vaya, ¡qué romántico todo! Nunca me contaste esa parte.

—Nunca nos damos tiempo para hablar de nosotros, hermanos. Fíjate que si no es por esta crisis que nos mantiene uno al lado del otro, y por el bendito tráfico que no avanza en estas calles de mierda, llenas de huecos por todos lados.

—De grandes obras, como dice la propaganda de González.

—¡De huecos! Mira este recorrido, que pudo darse

en diez minutos, nos tomará cuarenta y cinco, con suerte.

—Aprovechémoslo, por lo menos para conversar. Julián Álvarez quedó viudo y no demoró mucho tiempo así, bien lo recuerdo.

—Sí, a pesar de su edad, era un buen partido, por su fortuna. Eso fue lo que me llenó de rabia. Pensé que Adelina había jugado con mis sentimientos, que en verdad andaba buscando acomodo económico, posición social. Me sentí tan frustrado que le propuse matrimonio a Julieta De La Torre.

—Sí, sí. Ahora recuerdo, tu matrimonio fue tan apresurado que en casa jurábamos que ella estaba encinta.

—El que se hallaba preñado de rabia era yo.

—Con razón te emborrachaste de esa manera en tu propia boda.

—Y permanecí ebrio por tres días. Nadie lo sabe, pero tuve que acudir a un psicólogo para que me diera ayuda. Solo así pude, poco a poco, soportar la idea de abrir los ojos en la mañana y ver a mi lado a Julieta.

—Te comprendo, pero no te justifico. Tratar de subsanar un error con otro es lo peor que se puede hacer. Pero, ¿y cómo Adelina y tú reiniciaron esa relación incómoda?

—Dos años después de eso que te conté, un día vi su página en Facebook. Quizás eran ideas mías, pero noté un aire de tristeza en su foto, a pesar de estar sonriendo. Le mandé un mensaje algo neutral, luego ella me contestó y ya sabes, donde hubo fuego…

—¿No te da miedo que el marido de ella o tu mujer se den cuenta?

—En ocasiones lo deseo. El día que eso pase, mando a todos al carajo, me divorcio y me caso con Adelina. Total, ya el viejo ni se da cuenta de nada. Por otra parte, no tengo hijos, Julieta requiere un tratamiento complicado para quedar embarazada y ni siquiera sé si lo deseamos.

—Me duele escucharte esas palabras tan frías, sobre alguien que debe ser el centro de tu vida.

—¡Vamos, Monsi! ¡No me vas a decir que no has echado tu canita al aire! Con la cantidad de mujeres que se sentirían halagadas si tú las mirases con atención.

—Siento decepcionarte, hermano, pero la única que le hace competencia a Ana Gabriela es mi carrera política.

—Caramba, ya sé que estás comprometido con la Iglesia y todo eso, pero llevar las cosas al extremo no es normal.

—No, al contrario: llevar las cosas como tú lo has hecho sí que es anormal. Y espero que no descuides por un instante la búsqueda de Julieta. ¿Ya reportaste su desaparición a las autoridades?

—Se reirían de mí. El propio Moreno me aconsejó que la espere en la casa, que esos hechos se dan a menudo. Tendría que esperar hasta mañana para reportarla como desaparecida. Por ahora, ella es simplemente una descarada a la que no le importa ponerle los cuernos al marido y que el mundo se dé cuenta. ¡Zorra!

—Voy a hacer como si no hubiese escuchado eso, porque eres mi hermano, mi mano derecha, mi amigo fiel. Pero no sale sobrando, el advertirte que usas dos varas distintas para medirte a ti y para medirla a ella.

—¡No, Monsi! ¡Por favor, sermones no! Oye, tu teléfono no para de sonar.

—Sí, no quiero responder. No voy a dar ninguna declaración hasta después de desmentir a ese rufián.

—Y por venir hablando de nuestros asuntos personales, no hemos acordado cuáles van a ser tus palabras.

—No hay que acordar nada, voy a hablar con la verdad.

En la garita de entrada de la televisora tenían órdenes de pasar el auto del vicepresidente al área de estacionamientos de los ejecutivos. El gerente en persona, Juan Miguel Villar, los recibió y los acompañó hasta la sala de espera del estudio. La programación anunciaba, en un cintillo continuo, que se esperaban las declaraciones del vicepresidente en cualquier momento. Mientras le colocaban el micrófono de solapa, el gerente quiso saber los puntos que iba a emitir Valdivieso.

—Vicepresidente, el país ha sido informado de que usted renuncia al cargo para dedicarse a la campaña política. Pero, ¿no le parece que hacerlo tras la intempestiva muerte del presidente, es un error?

—Mira, Juan Miguel, las declaraciones de Manizales no valen un céntimo. Todo es un embuste preparado por él y su séquito de corruptos para empañar mi nombre y mi carrera. En ningún momento yo he renunciado a mi cargo, nunca he declarado lo que él pone en mi boca.

—Entonces…

—Tal como lo oyes. ¡Es un engaño a la nación!

—Pero ¿renunció o no renunció?

—Concédeme el espacio que te pedí en tu televisora, que fue la misma que transmitió las patrañas de ese miserable, y daré todas las respuestas que sean necesarias.

Minutos después, Valdivieso comunicaba a la nación que el país estaba viviendo momentos críticos, aunque no precisamente por la muerte del presidente González, sino por las desesperadas e ilegales acciones de un grupo de políticos que, en vida del presidente y ahora cuando su cuerpo aún estaba tibio, pretendían abusar del poder de una manera bochornosa. Que él no había renunciado a su cargo, que nunca asumió decisiones delante de la reunión del gabinete efectuada esa mañana, y que se disponía a volver al palacio presidencial de inmediato, acompañado por representativas personalidades nacionales, a echar de allí a los usurpadores. Prometió que velaría porque el proceso electoral continuara desenvolviéndose con normalidad y pidió al pueblo estar atento a los acontecimientos que sobrevendrían en adelante, pero advirtió que Manizales y los ministros adeptos a González estaban tramando oscuros planes que amenazaban la democracia.

No bien culminó el mensaje, entró a la cabina de la televisora una llamada de la presidencia. El ministro encargado Manizales estaba en el teléfono y deseaba intervenir. Valdivieso aún se encontraba en el estudio, por lo que pudo escuchar, impávido, la voz carrasposa de Manizales declarar:

—El señor Valdivieso lo que está es tratando de echar tierra sobre las serias evidencias que lo involucran como el asesino de nuestro querido presidente. En este momento, un equipo de investigación integrado por todos los organismos de seguridad, analiza los videos del evento de anoche, en particular del momento en que él se acercó a abrazar efusivamente al mandatario fallecido. Hay una hipótesis seria de que, en ese momento, se le haya colocado un veneno en la bebida del presidente, lo que posteriormente le causará la muerte. Esta tarde se hará la necropsia para corroborar o no esa posibilidad, pero por el momento, el señor Valdivieso debe abstenerse de dar declaraciones a los medios y prepararse para acudir ante los tribunales competentes para dilucidar su participación en este hecho que ahora mismo viste de luto al país. Razón por la cual, se ha girado una orden de conducción ante las autoridades para que responda algunas preguntas. Debo advertir, además, que el Órgano Ejecutivo, que presido constitucionalmente, ha declarado, mediante decreto de esta fecha, el estado de urgencia en todo el país, por un periodo de siete días, mientras se aclara lo sucedido a nuestro presidente; razón por la cual estarán suspendidos todos aquellos artículos que atañen a la los derechos y deberes individuales y sociales, así como a las garantías fundamentales.

Todos en el estudio se quedaron como congelados ante este giro de los acontecimientos, y poco a poco fueron dirigiendo su vista hacia el rostro del vicepresidente Valdivieso, quien solo atinó a decir:

—Este hijo de puta me las va a pagar. ¡Lo juro!

Juan Miguel Villar se apartó un poco del grupo para atender una llamada, y enseguida volvió con el rostro pálido.

—¡Vicepresidente! ¡Acompáñeme!

—¿Qué ocurre, Juan Miguel?

—Hay carros de la policía rodeando la estación. Pero venga, rápido. Tenemos una salida privada que ellos no conocen, pero debemos darnos prisa porque hay un helicóptero en el área y podrían detectarnos.

Los hermanos Valdivieso, acompañados por el gerente de la televisora, bajaron por un discreto elevador que los llevó al estacionamiento. Durante los últimos años, turbas pagadas por González acostumbraban a efectuar «vigilias» frente al canal, con la excusa de protestar por la «desinformación» del medio, que no era otra cosa que una manera de asustar a los periodistas por sus investigaciones en torno a la corrupción imperante. Por tal razón, los directivos se ingeniaron para construir una salida bajo techo que daba a las calles laterales de la televisora, usando para esto el estacionamiento de una lavandería ubicada en la parte posterior de la empresa, con la que se comunicaban mediante una puerta automática bien disimulada en el muro. Por allí salieron los dos hermanos, mientras la estación comenzaba a ser allanada por policías vestidos en arreos militares de combate.

—¡Monsi, nos salvamos por un pelo! Viste el despliegue que están haciendo esos tipos.

—Ya ves cuál era el interés de Manizales en controlar todos los organismos de seguridad y comprarles armas que solo se justificarían si en el país hubiese una guerra. Él siempre se preparó para este momento.

El conductor miró al vicepresidente por el retrovisor y le consultó el destino que llevaban.

—A mi casa no. Ya le mandé un mensaje a Ana Gabriela para que se vaya con el niño a casa de algún familiar. Pero tampoco puedo ir a la sede del partido, allí me están esperando.

—Monsi, tengo una idea.

Y apenas dijo esto, el diputado Valdivieso le dio una dirección al conductor, que no era lejos de allí.

—¿Qué lugar es ese?

—Ni te imaginas.

—Pues no.

—El apartamento en que Adelina y yo tenemos para vivir nuestras vidas paralelas.

—¿Es que no entiendes? El amor te ciega. Ella es la hermana de Ramiro Moreno, quien de seguro…

Espérate, ni Ramiro, ni nadie más, conocen ese lugar. La prueba está en que ni tú tenías idea de que existía.

—Pues, para bien de todos, espero que así sea.

—Algo más, no uses el celular, seguro está intervenido y nos localizarán de inmediato. En el apartamento tengo un par que utilizo cuando quiero desconectarme del mundo.

El auto de los Valdivieso ingresó a una calle sin salida, al final de la cual se levantaba un portón eléctrico, con el nombre del edificio en grandes letras metálicas: «Edén».

—Caramba, tu nido de amor, más bien, tu paraíso terrenal.

—Ya ves cuán útiles resultan mis ideas.

—Ni creas que por esa razón voy a respaldar la canallada que le haces a Julieta.

—Y vuelves. Ahora tenemos que concentrarnos en ver qué vamos a hacer.

Los dos entraron, acompañados por el chofer, hasta el edificio, y subieron al piso veinticuatro. Desde el balcón se observaba una extraordinaria vista de la ciudad. En aquel pequeño espacio, una mano, la de Adelina, sin dudas, mantenía en todo su esplendor un conjunto de maceteros en los que florecían bellas plantas ornamentales, alrededor de una fuente artificial que, al encenderse, dejaba escuchar un rumor de cascada. Las paredes estaban decoradas con fotografías en blanco y negro de la pareja, enmarcadas con sobriedad. Admiró la imprudencia de su hermano y de su amante, actuaban como adolescentes, porque el verdadero amor nos hace ingenuos. Lástima que todo aquello contravenía las normas sobre las que ambos crecieron siempre.

—No estoy contento con la idea de quedarme solo en este lugar.

—¡Vamos! No me digas que tienes miedo.

—No es miedo, simplemente se trata de que hay mucho por hacer.

—¿Te hace falta tu séquito?

—No se trata de eso, estoy fastidiado con todos los acontecimientos.

—Por ahora deberás permanecer aquí. Yo voy a la

Asamblea. No uses ni contestes tu teléfono. Ya he puesto a cargar esos dos que están sobre la mesa. Son prepago y tienen bastante tiempo disponible. Eso sí, no vayas a identificarte, solo úsalo para llamadas a personas claves. En caso de que necesites comunicarme contigo, en la agenda del teléfono rojo, el de Adelina, está registrado el número de mi teléfono «secreto».

—Ya me imagino. El de las trampas. ¿Y con qué nombre apareces registrado ahí?

—No te rías. Es el primero y no hay muchos. Es el que dice «Amor».

—¡Por Dios! ¡Pero cuánta cursilería!

—Esa cursilería te mantendrá lejos de esos gallinazos que sobrevuelan la ciudad. Y tienes a tu disposición la biblioteca de Adelina en el estudio; como te dije, es una lectora voraz. O puedes ver las noticias en este televisor o en el de la recámara.

—Lo veré aquí. No quiero imaginarme la recámara principal de este apartamento.

—Si estás pensando en camas en forma de corazón o algo así, te equivocas. Una cama *queen size* ortopédica, común y corriente.

—Está bien, ya vete. Organiza todo, porque esta misma tarde debemos salir a la calle a defender al país, sea como sea. Y no se te olvide averiguar por Julieta.

—Caramba, son demasiadas tareas.

—Ah, una última cosa. Antes de irte, déjame preguntarte esto: ¿conoces a Adolfo Paz?

—¿Quién no conoce a esa escoria social?

—¿Y sabes si Julieta lo conoce también?

—Ni idea. Pero me resulta imposible imaginar a Julieta, con lo especial que es, en tratos con ese maleante de marca mayor.

—Pues yo tengo información que contradice eso.

—¿De qué estás hablando?

—Conversaremos de eso más tarde. Ahora ve, reúnete con Justo Sucre y organiza todo. Convoquen a los ciudadanos por los medios que sean. Si les cierran las radioemisoras o las televisoras, usen las redes sociales. Debe ser una marcha cívica, solo con banderas nacionales. Necesitamos realizar una concentración hoy mismo, una marcha que se dirija a la presidencia, debe ser multitudinaria. Exigiremos la salida de esos usurpadores. Si todo se realiza como debe ser, yo presidiré esa manifestación pública.

CAPÍTULO 4

El Gabinete en pleno se mantenía reunido en el palacio presidencial, desde donde emitían continuos comunicados llamando a la paz y a la tranquilidad, exaltando la figura del presidente fallecido y criticando de distintas maneras la actitud del vicepresidente Valdivieso, porque decían, textualmente, que «debía afrontar sus responsabilidades sin causarle más traumas al país», tildándolo ya como culpable del magnicidio.

Ramiro Moreno, el jefe policial, aseguró a varios periodistas que se hallaban buscando al vicepresidente, no para arrestarlo, sino para conducirlo a la Procuraduría General de la Nación, donde el procurador, un reconocido activista del partido gobernante, estaba interesado en hacerle varias preguntas.

Según Manizales, por la condición de vicepresidente ostentada por Valdivieso, su caso debía pasar a instancias de la Corte Suprema de Justicia, y que, considerando la «independencia de poderes», los magistrados eran quienes debían tomar la última decisión, basándose en las pruebas que surgieran de la necropsia al cuerpo del presidente. Nadie en el país desconocía que los magistrados, la mayoría nombrados en los últimos años por el presidente González, eran abogados que, antes de que este ocupara la silla presidencial, atendían los aspectos legales de sus múltiples inversiones, por lo que poca independencia se podía esperar de sus criterios. Sin embargo, los funcionarios seguían empleando la terminología propia de las grandes democracias, cuando en realidad sus actuaciones indicaban todo lo contrario.

En la calle, los ánimos comenzaban a caldearse. Primero fueron los estudiantes de la Universidad Nacional los que se lanzaron a la calle, siendo reprimidos de inmediato por las fuerzas antidisturbios; pero cuando a partir del mediodía a estos se sumaron los trabajadores del Sindicato Único de Obreros Revolucionarios (SUDOR), quienes abandonaron sus puestos de trabajo para enfrentarse a las fuerzas policiales, la ciudad tomó otro camino, y comenzaron a verse columnas de humo por todas partes.

A eso de las dos de la tarde, Justo Sucre, con unos doscientos seguidores, se reunió frente a la sede del partido, y fueron víctimas de golpes, disparos de escopeta y varios ancianos fueron afectados por el gas pimienta y los gases lacrimógenos empleados por los uniformados. Pero cada acción, cada comunicado de Manizales, en vez de aplacar los ánimos, los exacerbaba. Las emisoras de radio y los canales de televisión fueron ocupados por fuerzas de seguridad, bajo el pretexto de que se tenía información de que sus antenas iban a ser saboteadas por «las turbas opositoras», con el resultado de que no se realizaron más transmisiones. Sin embargo, las redes sociales permanecieron abiertas, y eso fue aprovechado por los organizadores de la protesta para convocar la presencia ciudadana en las calles.

Así se supo, a media tarde, que varios puntos del interior del país estaban siendo cerrados por manifestantes, y las temidas organizaciones indígenas comenzaban a tomar parte en la lucha. Por esos mismos medios se hizo saber a la nación que por lo menos diez personas habían muerto en los enfrentamientos, y centenares permanecían detenidos.

Manizales estaba furioso. Por un lado, fustigaba a los jefes de los cuerpos de seguridad por su incapacidad para sofocar los crecientes alzamientos, mientras que por el otro lanzaba críticas a la población, por desatender sus acusaciones contra Valdivieso, que según él era el punto clave del momento, para escuchar rumores sobre inexistentes golpes de Estado.

A la presidencia fue citado Ramiro Moreno, a quien un exaltado «presidente encargado» lo cuestionó por su ineficacia para detener las protestas.

—Tengo a todos mis hombres en la calle, señor —contestó Moreno—. Cada policía, hombre o mujer, que porte uniforme, está en la calle en este momento.

—¡No es posible! ¡Se están reportando concentraciones en varios puntos de la ciudad!

—Señor, en este momento tenemos detectados quince puntos de sedición en la capital y veintiùn adicionales en todo el país.

—¿Y eso es lo que se supone que debo saber? ¿Cuántas veces les aumentó el salario el presidente González en vida? ¿Para qué? Para que fueran efectivos cuando se les necesitara, y no lo son. ¡No lo son! —y diciendo esto, golpeó con fuerza la mesa.

—Señor, insisto: todos mis hombres están trabajando.

—¡Ya lo sé! Pero, ¿y entonces?

—Que a duras penas podemos cubrir la capital, señor, así como las cabeceras de provincia. Pero no tenemos cómo despejar la vía Panamericana, por ejemplo. No cuento con suficientes unidades para cumplir con esa misión.

—¡Entonces traeré las fuerzas guardafronteras, y lo pondré a usted bajo el mando de ellos!

—Disculpe, señor —advirtió Moreno—. Debo recordarle que esas tropas no pueden participar en actividades urbanas.

—¿Quién lo dice?

—La ley.

—¡La ley soy yo, cretino! Y vaya a cumplir su labor. Quiero las calles despejadas antes de que anochezca. Quiero a Valdivieso detenido y en manos del Procurador. Y espero que cuando comiencen a llegar los invitados a las honras fúnebres de nuestro presidente, las calles estén en calma. No quiero comenzar mi mandato con esta amenaza sobre mi cabeza.

Moreno salió, sin disimular el gran disgusto que lo embargaba. Las ínfulas de Manizales lo llevaban a dar órdenes sin fundamento, perdiendo de vista el número de víctimas que estaba causando.

En efecto, la ciudad estaba siendo tomada por las cuatro esquinas y en el centro por las organizaciones políticas adversas al régimen de González, continuado ahora por Manizales. En el gabinete, la ministra Aurora Serrano, una mujer independiente y justa que no pertenecía al partido del presidente, era la única que discrepaba de las medidas. Como siempre, ella era la voz coherente en ese gobierno caracterizado por disparates de todo tipo.

—Ministro, creo que esto empezó mal, continuó mal y terminará mal.

En el gobierno era conocida la rivalidad que mantenía ella con Manizales, y que este la soportaba solo, porque González siempre tapaba sus numerosos desaciertos bajo la sombra de respeto que infundía la ministra. Manizales la miró con profundo rencor.

—¿Y ahora qué?

—Nada de esto está claro, usted ha formulado una acusación seria contra el vicepresidente Valdivieso, él lo ha desmentido.

—¡Es su palabra contra la mía! Las investigaciones me darán la razón.

—Quizás sí es su palabra contra la de él, pero con

el respeto que usted se merece, el pueblo parece estar tomando como buena la palabra de Valdivieso.

—¡Oiga! No le permito, ya no somos dos ministros del gabinete, ¡ahora soy el presidente encargado y usted me debe respeto!

—Ministro Manizales —era evidente que ella no quería tratarlo como él suponía que debía ser considerado—. Estamos consumiendo tiempo valioso en disputas personales, en competencias de orgullos, cuando tenemos entre manos el cuerpo del presidente González, al que hay que rendirle honores como merece.

—¿Y qué cree que estoy haciendo, ministra?

—Pues los resultados de sus primeras horas de gestión están a la vista, y todo el país se está desestabilizando, vamos camino a una catástrofe.

—Ninguna catástrofe; no sea ave de mal agüero. Estamos siguiendo el camino constitucional y su tan admirado Valdivieso, que para mí es un homicida, ¡un magnicida!, porque ni siquiera le doy el derecho de la duda, debe hacer lo mismo y presentarse ante la Procuraduría, para que la Corte Suprema conozca su caso y se aclare todo, en lugar de andar escondido sublevando a la ciudadanía.

—A propósito, ministro, tengo una pregunta, ¿dónde está el ministro Salvador Camargo?

Desde hacía un par de horas se corría un rumor sobre la situación de Camargo, pero nadie se atrevía a preguntar directamente. Camargo, ministro allegado al presidente al principio de su gestión, y calificado como el «ungido» para sucederlo en el cargo, enfrentó algunas polémicas con el mandatario, que terminaron descalificándolo ante la vista del presidente, aunque este lo mantuvo como ministro porque, según se decía, «conocía muchas de las intimidades» de González. Manizales, en particular, lo detestaba porque le hacía sombra a la hora de congraciarse con el presidente.

—Está arrestado —respondió el ministro encargado.

—¿Por qué motivos? —preguntó la ministra.

—Por lo mismo que espera a Valdivieso en caso de que logre zafarse de las acusaciones de magnicidio: por atentar contra la personalidad interna del Estado. A Camargo lo sorprendimos hablando con el hermano de Simón.

—¿Cuál hermano?

—¡Aurora! ¡Qué pregunta! Los Valdivieso solo son dos, el magnicida y el diputado. Comprobamos que él filtró información sensitiva a la oposición sobre la muerte del presidente.

—Caramba, ahora resulta que el fallecimiento del presidente era información sensitiva. Ni que estuviéramos en uno de esos países totalitarios de Asia.

—Con las revelaciones que le hizo al diputado, perdimos la oportunidad de organizarnos mejor para los eventos que venían. En cierto modo, él es responsable de gran parte de la crisis que estamos afrontando.

La ministra Serrano no contestó, pero, en ese momento, comprobó la peligrosidad de Manizales. Siempre vio en él a un autócrata soberbio, capaz de cualquier cosa con tal de salirse con las suyas. Ante González era sumiso, al igual que ante aquellos a quienes el presidente le dispensaba algún afecto particular, pero era obvio que les guardaba rencor a estos últimos, mucho rencor, y lo demostraba con su primera acción como ministro encargado, enfilando su poder contra Camargo. En verdad, pensó la ministra, dicen que el poder corrompe, pero lo que hace es desenmascarar la verdadera esencia de quien lo ostenta.

Ella muchas veces criticó la falta de carácter de Salvador Camargo. El pobre diablo le creyó al presidente cuando aseguraba que él sería el candidato del partido oficial en las próximas elecciones, y luego se conformó con migajas. ¡Qué difícil había sido para ella mantener una posición independiente sin importar las consecuencias! Es cierto que no sufrió persecución, pero sí se sentía incómoda siendo parte de una corte plagada de bufones, de serviles, de improvisados. Las veces que quiso renunciar, el presidente la convencía aprobándole alguno de los proyectos sociales en los que tanta fe tenía. Era como una condición: «Mira, Aurorita, justo ayer estuve hablando con el ministro de Finanzas». Ese proyecto tuyo es bueno. Yo le di instrucciones para que obtenga el aval presupuestario, no puedes irte ahora porque se cae todo. Eso sale ya esta semana, ¿cómo te vas a ir así, Aurorita?». Y ella se resignaba a continuar para no echar al mar todas las esperanzas de esa gente que dependía del proyecto. Además, la motivaba una ingenua esperanza: de que con ella en el gabinete, el gobierno, por lo menos, no perdería su rumbo completamente.

El ministro Manizales la sacó de sus reflexiones cuando subió el tono de la voz para informarles que nadie podía moverse del palacio hasta tanto Valdivieso no fuera capturado y puesto a órdenes de la Procuraduría.

—Y cítenme a Arístides Jaén. Él es el candidato de nuestro partido y debe estar al frente de las honras fúnebres del presidente. Es más, ya debería estar organizando manifestaciones a favor de nuestro gobierno. A ver, ¿cuántos son los adherentes de nuestro partido?

Uno de los ministros dijo que medio millón. Pero Manizales recordó que en el último mes se habían inscrito casi cien mil nuevos miembros, y que con un 20 % de esa cifra que lograra sacar a la calle, Jaén podría callarle la boca a la oposición.

Nadie hizo coro a esa estimación. Sabían que los adherentes de un partido en el poder son como golondrinas que vuelan con cada cambio de estación. Solo una minúscula fracción de esa cifra podría salir a defender la gestión de González, y quizás ni esa cantidad apoyaría lo que estaba haciendo Manizales. Y en Jaén no se podían poner muchas esperanzas, pese a toda la inversión oficial que se estaba disfrazando para apoyar su candidatura, las encuestas serias no le daban mucha mayor oportunidad que a los candidatos independientes. En los medios de comunicación solían referirse a él como «un bulto», algo que solo hace peso, pero que no tiene gran valor.

El ministro Manizales recibió con gran alborozo al presidente de la Asamblea y a varios diputados oficialistas que llegaron al salón, y se retiró con ellos a la oficina presidencial. La ministra Serrano no pudo evitar una mueca de disgusto al ver la forma exagerada con que los diputados saludaban a Manizales, llamándolo «presidente», provocando en este una gran satisfacción.

A pesar de que los canales de televisión y las emisoras estaban silenciados, los ministros seguían el curso de los acontecimientos por sus teléfonos móviles. Y el caos se iba apoderando de la ciudad paso a paso. Por las ventanas del salón ministerial se podían apreciar columnas de humo surgiendo de distintos puntos. Pero todos optaron por mantenerse callados.

Mientras tanto, Ramiro Moreno, jefe policial, vestido formalmente, pero llevando bajo su traje un chaleco antibalas que lo hacía ver más robusto, llegó sin escoltas a los estacionamientos de un restaurante de comida rápida. Tal como fue acordado previamente, se estacionó al lado de una camioneta Nissan gris y bajó un poco los vidrios oscuros de su Honda Pilot. Del otro lado, en el puesto del pasajero, el diputado Valdivieso hizo lo mismo y lo miró a través de sus lentes de sol. Ante el timón estaba Adelina, la hermana de Moreno.

—Gracias por venir, Ramiro.

—No hay por qué, aunque no me gusta que involucres a Adelina en esto.

—Me vas a disculpar la desconfianza, pero en este momento no creo en nadie. Si el gobierno se ha atrevido a mentir tan descaradamente ante el pueblo, bien podría tenderme una emboscada aquí. Ella es mi seguro de vida, y está aquí en calidad de voluntaria, que conste.

—Está bien. Aunque me ofende la duda. Entiendo que te cueste creer al gobierno, pero sabes bien que no estoy de acuerdo con que Manizales fracture el orden constitucional. Ese imbécil cree que nos tiene a todos en un puño. ¿Y tu hermano?

—En algún lugar de la ciudad. Te manda saludos.

—Dile que cuente conmigo. Mira, te propongo algo: dime dónde está y así yo puedo coordinar para que se mantenga a salvo. ¿Entiendes?

—No hay trato —el diputado dijo esto con una sonrisa, mirando de reojo a Adelina.

—Está bien, no insistiré. El hombre queda bajo tu responsabilidad. Pero, ¿querías decirme algo, no? Debemos andar aprisa, logré escabullirme de los escoltas mandándolos a comer al restaurante, pero no tardan en aparecer.

—Quería informarte que Simón va a encabezar la marcha esta tarde, hacia la presidencia; va a estar junto a Sucre. Quizás no desde el principio, pero se unirá a la gente en algún punto del recorrido. Deseo que te encargues de proporcionarle seguridad, que nadie vaya a atentar contra la vida de él.

—¿Qué? Eso escapa de mi control. Manizales mandó a traer a los guardafronteras. Esos son militares que no dudarán en dispararle a todo el que salga a la calle como manifestante. No puedo garantizarte eso.

—Es lo único que te pedimos. Tú encontrarás la forma de hacerlo. Según nuestras estimaciones, será una marcha multitudinaria. Manizales tendrá que acatar las órdenes del pueblo de que se vaya.

El diputado Valdivieso confiaba en el jefe Moreno, pero no al punto de meter la mano al fuego por él; cuando lo que estaba en juego era el poder, lo más sensato era andar precavido. Él nunca simpatizó con Moreno, a pesar de ser hermano de su amante. El tipo era de esos hombres cargado de la impertinencia que solo se consigue al cabo de años de dar órdenes y sin recibir una sola protesta. No obstante, su aura innegable de prepotencia la suavizaba con una mirada cálida y penetrante. Le hizo un ademán a Adelina y, antes de que el auto partiera, le dijo a Moreno:

—Deberías tomar la iniciativa y parar tú mismo a Manizales.

—Sabes que si hago eso, empeoraría las cosas.

Ramiro Moreno conocía bien a Simón Valdivieso. Se asombró al verlo conformar una alianza con González, pero pensó que así lograría controlar un poco los excesos del presidente. Como muchos otros ciudadanos, su pronóstico falló. González no tenía remedio. Era un caso perdido. Valdivieso, en cambio, poseía las cualidades de un líder: no era un hombre fácil de intimidar, aunque Rigoberto González y sus esbirros sí lo hicieron, cometiendo un grave error. Él, en cambio, apenas tuvo la oportunidad de escoger a quien ofrecerle sus lealtades, no lo dudó, apoyaría al vicepresidente, aunque en su posición era arriesgado desobedecer las órdenes del palacio presidencial. Pero llevaba tiempo moviendo sus fichas: en los principales puestos de mando de la ciudad y del interior colocó a oficiales fieles a él, que compartían su pensamiento. Hasta tenían un código secreto para comunicarse vía correo electrónico en momentos de crisis; expresiones sencillas que escondían órdenes de proceder precisas y graves. Por ejemplo, esa mañana, temprano, mandó a sus contactos un mensaje: «Todos unidos en la campaña contra el mosquito transmisor del dengue». Eso equivalía a «Manténganse en sus puestos y esperen órdenes». Luego, a mediodía, transmitió lo siguiente: «Verifiquen las cartillas de vacunación del personal bajo su mando», lo que significaba: «Todo el personal en el cuartel hasta segundo aviso». Por eso bajó la tensión en las calles, pues si bien los manifestantes se tomaron los principales puntos, la policía no estaba atacándolos. Y eso disgustaba a Manizales, que procedió entonces a pedir el traslado de los guardafronteras. Y sobre ellos sí que Moreno no tenía ningún control.

En su celular tenía grabado otro mensaje. «Todos con la Teletón». Si la mandaba, los policías se tomarían todas las sedes provinciales del gobierno, y en la capital rodiarían el palacio presidencial y la Asamblea, pero eso equivalía a una casi segura confrontación directa con la guardia presidencial. Excepto si, como le aseguró el diputado Valdivieso antes de la cita, se lograba convencer al coronel Nicanor Vega, comandante de la guardia, de unirse a la operación.

—Esa es una de las tantas ventajas de este país: aquí todos nos conocemos —dijo para sí Ramiro Moreno, mientras veía venir hacia él a sus escoltas, luego de aceptar la invitación que les hiciera para comerse una de las enormes hamburguesas que ofrecía el restaurante.

El vicepresidente Valdivieso esperaba impaciente a su hermano para que lo pusiera al tanto de la conversación con Moreno. Cuando este llegó al apartamento, le contó con lujo de detalles el encuentro con Ramiro Moreno.

—Dime la verdad, en este momento, ¿confías en Moreno?

—Creo que es sincero, y además, como sabes, él odia a Manizales. Nunca acató las órdenes que este le daba como ministro de seguridad, si el presidente no las corroboraba. Se jactaba de decir que él solo recibía órdenes del presidente. ¿No lo recuerdas?

—Claro que sí. De todas formas, debemos cuidarnos.

—No nos dejemos caer en la paranoia. De todos modos, estamos en una situación difícil. ¿Hablaste ya con Ana Gabriela?

—Sí, la llamé de uno de tus celulares «secretos». Y tomé precauciones adicionales, llamé al teléfono de la muchacha que cuida a mi hijo y a través de ella entablamos conversación. Muy breve, por cierto. Le pedí que se mantuviera allá, que no saliera para nada. Aunque ella quiere acompañarme.

—No es conveniente. Habrá mucho riesgo.

—Eso mismo le dije. A propósito, ¿qué has sabido de Julieta?

—Nada aún. Pero creo que tu hipótesis es cierta.

—¿Cuál hipótesis?

—La de Paz. Interrogué al chofer de ella. El tipo pretendía serle leal y no quería soltar prenda. Pero su sueldo lo pago yo. Tuve que amenazarlo para que me dijera —el diputado bajó la cabeza para contener un sollozo.

—Vamos, no te vayas a quebrar en este instante. Menos después de haber sido tan sincero conmigo sobre tus sentimientos hacia ella.

—Es que no se trata de sentimientos, sino de rabia. ¿Cómo me puede hacer ella eso, con semejante porquería de persona? Adolfo Paz es todo lo contrario a mí, a nosotros, en todo sentido.

—Quizás por eso mismo, por cobrar su venganza de la manera que fuera más dolorosa para ti. Pero, ¿qué te dijo el chofer?

—Que sí. Que ellos se frecuentaban, supuestamente porque tenían «negocios en común». Cuando eso sucedía, a él lo dejaban esperando en un sitio público, ella se iba en el carro del sujeto ese, y regresaban dos, tres y hasta cuatro horas más tarde. ¡Qué papel más bochornoso!

—Hermano, sé que eso te duele, pero mirémoslo por el lado bueno. Ahora ya sabes quién es ella en verdad y podrás tramitar tu divorcio más rápido.

—Así es. No pienso ni siquiera seguir buscándola. Tampoco creo que regrese a la casa. Apenas esto pase, tramitaré nuestro divorcio. Aunque…

—¿Qué?

—Monsi, Julieta no se llevó nada. Absolutamente nada.

—Es extraño. Pero, sigamos con lo de esta tarde, que ya estamos contra reloj. ¿Hablaste con Justo Sucre?

—He hablado con mucha gente, Monsi. En la Asamblea, los diputados de nuestro partido, más todos los que se han declarado opositores, nos respaldarán. Sucre mantiene una buena coordinación con dirigentes de todas las provincias y con organizaciones de la capital. Ya hay gente reuniéndose en el lugar convenido. Creo que en una hora más, a eso de las cuatro y media, podemos comenzar.

—Por mi parte, he hablado con los representantes del cuerpo diplomático. Les he pedido respaldo. Si las cosas se ponen difíciles, creo que deberemos pedir refugio en una sede diplomática.

—Ojalá no tengamos que llegar hasta allá.

—También hablé con el arzobispo, tú sabes que somos buenos amigos. Le aclaré el panorama y dijo respaldarme. Me manifestó que los obispos están redactando un documento donde hacen un llamado a la mesura y condenan cualquier amenaza contra el orden democrático.

—Los presidentes de todos los partidos, con excepción del oficialista, están apoyándonos e irán a la marcha, con una consigna única: luchar por la libertad y la democracia. Y algo más, pero esto sí te sorprenderá.

—A ver, habla.

—Hablé con la gente de SUDOR.

—¿Con los sindicalistas? Ellos nunca nos han apoyado.

—Tampoco esta vez. Pero realizarán una marcha paralela. Usarán otras calles distintas a las de nosotros. Desean manifestar que no están de acuerdo con la acción adoptada por Manizales, y que no creen ni una palabra de sus acusaciones contra ti.

—¡Honor que me hace!

—Monsi, con el apoyo de la Iglesia, de los partidos, de los candidatos, de la ciudadanía, de los sindicatos, enfrentaremos a este aprendiz de tirano. No pierdas la fe.

—La fe me sobra, tú conoces mi formación.

En ese momento, el timbre del celular del diputado Valdivieso interrumpió la conversación. Habló brevemente, con frases cortas, y cerró agradeciendo efusivamente al interlocutor.

—¿Quién era?

—La doctora Inés León, la asistente del forense.

—¿Qué noticias te dio?

—Una magnífica. Han terminado el examen de necropsia al cadáver del presidente. Hay varias causas de muerte, todas relacionadas con la salud y el modo de vida del hombre, ninguna tiene que ver con envenenamiento.

—Un momento, ¿eso ya es oficial?

—Monsi, Inés León, además de ser una gran persona y una excelente profesional, es mi amiga. Esa llamada que hizo es de carácter confidencial y podría traerle problemas a ella. Pero me dijo que hay órdenes de mantener el informe como secreto de Estado, y a ella le parece que es parte de la infamia que han montado para acusarte falsamente. Por eso quiso que supiéramos los resultados. ¡Mira! —El diputado extendió su celular para que su hermano lo viera.

—Mensaje de «Dra. León». ¿De qué se trata?

—¿No lo imaginas? Le tomó una foto al informe sin que se dieran cuenta y me la envía en un correo electrónico.

—Increíble. Hay una lección en todo esto: ahora, con el auge de las comunicaciones, ser dictador es una intención demasiado difícil de concretar.

CAPÍTULO 5

Tal como estaba programada, la marcha comenzó a las cuatro y treinta de la tarde. A pesar del poco tiempo que tuvieron para organizarla, los dirigentes políticos estaban satisfechos con el logro alcanzado. Una multitud cubría la avenida, portando un gran número de banderas nacionales. Los manifestantes cantaban canciones patrióticas y consignas relacionadas con el momento: «Que se vayan los usurpadores, que se vayan ya», «Manizales, corrupto, gorila, deja a la nación tranquila», «No al golpe de Estado», o bien: «Murió el presidente, que se vaya con su gente», las que eran repetidas por las personas que miraban la marcha desde las aceras.

Justo Sucre y el diputado Valdivieso encabezaban la manifestación. Más adelante, oculto en un auto estacionado a orillas de la calle, aguardaba el vicepresidente. Tan pronto recibiera el mensaje de texto acordado, se sumaría a los manifestantes.

El hermano del vicepresidente observó que solo un helicóptero de las fuerzas policiales sobrevolaba el área, sin que se notara la presencia de uniformados a lo largo de la vía. Poco antes, en uno de los mensajes que transmitía a cada momento, Manizales advirtió que era ilegal realizar la marcha, y que los derechos fundamentales seguían suspendidos, pidiendo a la población, además, que regresaran a sus casas y se prepararan para los funerales de Estado del presidente. En esta oportunidad evitó referirse al vicepresidente como «magnicida», y ni siquiera lo mencionó. En su lugar, habló de «fuerzas desestabilizadoras».

Una leve llovizna comenzó a caer sobre la ciudad, oscureciendo el cielo. Pronto sería de noche, por lo que apuraron el paso para alcanzar la presidencia, donde una delegación expresaría un mensaje unánime: que Manizales y su gabinete abandonaran el poder y que Simón Valdivieso ocupara el cargo por el resto del período.

Tanto al diputado Valdivieso, como a la cúpula del partido, les hubiese gustado que Rigoberto González terminara su período con normalidad, y traspasara el mando al ganador en las siguientes elecciones, el que sin duda iba a ser Simón, pero los hechos se precipitaron de otro modo y prácticamente quedaron sin opciones. Pero dejar que Manizales y el gabinete nombrado por González continuasen la gestión del fallecido, resultaría catastrófica. A los ministros se les veía, con excepción de Aurora Serrano, como una especie de buitres al acecho, y darles plenos poderes por los tres meses restantes sería permitirles llevar el país a la quiebra.

El hermano del vicepresidente miró a Justo Sucre y recibió de este un gesto de aprobación, apenas un simple movimiento de cabeza que le indicaba que ya Simón podía sumarse a la marcha. El diputado extrajo su teléfono y comenzó a manipularlo para enviar el mensaje en clave cuando comenzaron a escucharse gritos y explosiones a mitad de la concentración de personas. De un solo vistazo se dio cuenta de lo que sucedía: por una de las bocacalles estaban saliendo más y más soldados guardafronteras que arremetían contra todo el que estuviera en la marcha, a la vez que desde diversos puntos comenzaba a lanzarse gases lacrimógenos y perdigones.

—¡Dios mío, esto es una masacre! —gritó una de las directivas del partido, cerca de él.

La muchedumbre se dispersó en medio de la desesperación. Varios cuerpos quedaron tendidos en la calle y una espesa nube de humo asfixiante comenzó a inundar el lugar. Alguien le advirtió al diputado que los soldados estaban preguntando por su hermano, lo que fue un aviso para que ellos buscaran refugio ante la represión. Por suerte, él y Sucre estaban a metros de distancia del auto en que se hallaba el vicepresidente, acompañado de su conductor, y corrieron hacia allá, aprovechando que la mayoría de los soldados carecía de máscaras antigás, por lo que el humo les estaba afectando tanto como a los manifestantes.

En su carrera, el diputado logró sujetar a Benedicta Grajales, quien parecía dispuesta a enfrentar a los uniformados con su paraguas.

—¡Vamos, Bene, vamos! Esos hombres tienen órdenes de apresarnos —le advirtió a la valerosa mujer.

Apenas lograron introducirse al auto, este arrancó a toda velocidad, logrando salir del área en poco tiempo.

—¡Monsi! ¿Viste eso? Esa gente llegó disparando como si estuvieran en un área de combate. ¿Cómo es posible? Este es un crimen de lesa humanidad por el que Manizales deberá responder.

—Acabo de llamarlo de mi teléfono oficial. Le dije algo similar.

—¿Y qué te dijo esa bestia?

—Lo que viene repitiendo desde esta mañana: que me entregue a las autoridades.

En ese momento sonó el celular del diputado Valdivieso; él miró de quién provenía la llamada y enseguida contestó:

—¡Ramiro! Esto no fue lo que acordamos. ¡Manizales ha ordenado masacrar a la población!

Del otro lado del teléfono, Moreno contestó casi a gritos:

—Ese desgraciado pretende destituirme, pero no lo permitiré. No después de esto. Y a ustedes los detectaron y los están buscando.

—Me imagino, pero nos dirigimos hacia un lugar seguro.

—Si es al paraíso terrenal, ni lo sueñes. Ya ubicaron el sitio y los están esperando.

El diputado Valdivieso pensó un instante y entendió que Moreno se refería al edificio «Edén». Es decir, él sí sabía de la existencia de ese lugar.

—¡Eso sí, es una mala noticia!

—Escucha bien, ¿recuerdas la casa en cuya sala hay una foto de Adelina con su madre en el acto de graduación de la escuela secundaria? ¿Entiendes lo que te digo? Los espero allá.

Solo existía un sitio con esa descripción. Y aunque parecía extraño, el diputado solo contestó:

—Entiendo.

Luego, dirigiéndose al vicepresidente, le explicó:

—Monsi. Perdimos nuestro escondite número uno, pero ahora vamos hacia el número dos.

—¿Y cuál es ese?

—Llamémosle por ahora. «La boca del lobo».

—Qué mal nombre para un escondite.

—Es que ni siquiera es un escondite.

Acto seguido, le dio una dirección al conductor y le pidió que se dirigiera allá a la mayor velocidad posible. No estaba lejos, apenas entraron a la calle. Notaron la presencia de dos autos policiales con un grupo de uniformados alrededor, vigilantes.

—Oye —preguntó el vicepresidente, alarmado—. ¿No es esta la calle donde vive…?

—Sí, Monsi, ya sé. Vamos a la casa de Ramiro Moreno.

—Pero, ¿cómo se te ocurre? Estamos en un gran riesgo.

—El solo hecho de que nos hayan dejado pasar sin problemas te indica que esto está acordado.

El vehículo de los hermanos Valdivieso ingresó al amplio patio de la residencia, rodeada por una rotonda de asfalto sombreada por árboles, flores y palmeras. El propio Ramiro Moreno los esperaba en la entrada, dándole indicaciones al conductor para que estacionara el vehículo en el garaje techado de la casa. Apenas se bajaron los pasajeros, les dio la mano y los condujo a la sala, una habitación iluminada por amplios ventanales, en cuyas paredes se exhibían cuadros de reconocidos pintores nacionales, mientras que en las esquinas se alzaban hermosas esculturas de caballos y caballeros en distintas actitudes.

—Moreno, el hecho de estar en tu casa me pone nervioso, comprenderás. No obstante, confío siempre en las decisiones de mi hermano.

—Están seguros. A ustedes se les busca en cualquier lado, menos aquí. Hoy, a eso de las dos, fue localizado el apartamento en que se encontraba, que, a propósito, no sabía que estaba relacionado con Adelina.

Esto lo dijo mirando fijamente al diputado, quien sonrió como quitándole importancia al asunto.

—Es una inversión que hemos hecho ambos. Para el futuro.

—Mi hermana no usó esas mismas palabras, pero bueno, de eso hablaremos luego.

—Eso mismo les iba a decir a ustedes. Moreno, te agradezco lo que estás haciendo, porque sé que arriesgas mucho y te prometo que sabremos recompensarte. Pero me preocupa mucho la represión realizada hoy, ¡eso fue un crimen! Manizales debe ser aprehendido y juzgado por cada uno de los muertos y heridos de esta tarde, igual que todos los que resulten responsables de esta masacre. ¡Eran gente inocente! ¡Ciudadanos preocupados por su país!

—Vicepresidente, dígame algo. En todo esto me ha quedado claro algo. ¿Usted va a asumir la presidencia por los tres meses restantes?

—Creo que fui claro en mi intervención en la televisión hoy en la mañana. El deber es el deber.

—Por eso, cuando lo dice de esa manera, usted no está dejando claro cuál es su propósito.

—Cuando digo que el deber es el deber, me refiero a que lo primero que nos corresponde hacer es evitar que Manizales y sus esbirros armen un gobierno que no tendrá otro propósito que borrar las huellas de todos los delitos cometidos en estos últimos años por el régimen de Rigoberto González. ¡Esa es la prioridad, no mi destino político!

—Perdone que me ría, vicepresidente, pero, ustedes, los políticos tienen una manera de decir las cosas que uno nunca queda convencido de haber oído lo que oyó. Acá entre los militares es distinto, si yo le digo a un subordinado: «Vaya y tráigame detenida a su madre», él no preguntará que a la madre de quién. Simplemente ejecutará las órdenes.

—Triste ejemplo el que usa, Moreno, y discúlpeme por el reproche. Pero lo que hicieron los guardafronteras hoy es un fiel testimonio de lo que usted dice. Los mandaron a matar a la madre y ellos lo hicieron sin chistar.

—Este es otro tema que también tendremos que dejar pendiente, porque además de velar por su seguridad en estos momentos cruciales, tengo noticias no positivas para el diputado.

Moreno alzó la voz para decir eso, porque el hermano del vicepresidente se hallaba en una esquina de la sala hablando por teléfono desde que llegó al lugar, y por el tono de la conversación que sostenía se notaba airado.

Apenas cerró la llamada, el vicepresidente se le acercó y lo atrajo hasta donde se encontraba sentado con Moreno, mientras el parlamentario se expresaba con palabras de ira.

—¡Desgraciado! ¡Es un desgraciado! Apenas salgamos de este problema, juro que lo voy a matar con mis propias manos.

—¿De qué rayos estás hablando? ¿No te das cuenta de todas las personas que cayeron a nuestro lado hoy, como para que tú sigas hablando de muerte?

El diputado, como si no oyera, manipulaba furiosamente su celular, como buscando una información allí contenida. Unos instantes después, alzó la cabeza:

—Ustedes, disculpen. Acabo de recibir una llamada de lo más desagradable. Una persona con la voz distorsionada, pero a quien reconocí de inmediato, me llamó para decirme que si no pongo un millón de dólares en una cuenta bancaria, él se encargará de hacer públicos por Internet unos videos pornográficos.

—¿Videos qué? ¿Y eso qué tiene que ver contigo?

—Conmigo no, con Julieta. ¡Imagínate! Se lo dije de inmediato, sé que es Adolfo Paz, ese asqueroso maleante. Nadie que no sea él haría algo semejante. Y para respaldar su extorsión, me envió al correo un fragmento del video que publicará el viernes a medianoche si no le entrego ese dinero. ¡Maldito, lo voy a matar!

Tanto el vicepresidente como el jefe policial trataron de calmarlo. Pero el hombre estaba fuera de sí.

—Hermano, hermano, escúchame. Este no es momento para perder los estribos. ¿Verificaste que esos videos fuesen auténticos? ¿No serán un fraude?

—¡Es ella, se ve clarita la zorra! ¡Comportándose como la puta más asquerosa del mundo! Me dio tanto asco ver eso. ¡Ella también merece la misma suerte que Paz!

El hombre bajó la cabeza y dejó escapar varios sollozos. Su hermano lo abrazó con fuerza, pidiéndole cordura. La voz de Ramiro Moreno los interrumpió.

—Y temo que las informaciones que tengo no van a aliviarlos en nada. Como les decía, esa fue la segunda intención por la que los hice venir.

—¿De qué habla, Moreno? —consultó Simón, mirándolo con suma preocupación.

—Esta tarde encontraron a Julieta De La Torre.

—¿¡Cómo!? ¿Dónde estaba? —El vicepresidente sostuvo con más fuerza a su hermano; presentía que iban a escuchar algo trágico y así fue.

—La muchacha que limpia las habitaciones de una casa de ocasión encontró el cuerpo y avisó. Tenía todas sus pertenencias, por lo que no podemos hablar de robo. Con todo el revuelo que hay, no se ha hecho el levantamiento del cadáver aún. Pero el oficial que atendió el caso me dijo que todo aparenta ser un suicidio.

—¿En una casa de ocasión? Eso parece apuntar más a un homicidio. ¿Por qué escogió ella ese sitio?

—Los suicidas no están emocionalmente estables cuando toman esa decisión. En ese momento de locura lo que menos importa es el lugar —respondió Moreno.

El diputado Valdivieso seguía la conversación con la cara desencajada. No podía ser que tantas cosas horribles estuvieran sucediendo al mismo tiempo. Apenas pudo intervenir, preguntó:

—Debe haber alguna relación entre la llamada que acabo de recibir y la muerte de ella.

—Yo sí creo —aceptó Moreno—. En su recámara había una caja de medicamentos de los que se usan para dormir, vacía. Y sobre la mesa, al lado de la cama, una carta manuscrita.

—¿Tiene esa carta, Moreno?

—No, vicepresidente, la norma es no alterar la escena.

—Qué lástima.

—Pero contamos con la tecnología. El oficial encargado de atender el caso tomó una foto de la carta y me la mandó vía electrónica —y al decir eso, buscaba en su teléfono hasta dar con el mensaje—. Mírela, aquí en la pantalla puede leerla.

El vicepresidente tomó el teléfono y observó la pantalla, mientras su hermano trataba de hacer lo mismo. La foto era clara y se podía leer lo expresado por la mujer:

«Que no se culpe a nadie. Cometí un error grande. Me dejé manipular por un canalla que dijo amarme, pero su única intención era hacerte daño, y no puedo soportarlo. Hoy me citó aquí, dijo que me tenía una sorpresa. El miserable guarda videos de todos nuestros encuentros y quiere publicarlos si tú no le pagas. Estoy desesperada, desde hace mucho tiempo, pero ahora esto es insoportable. Ni siquiera tengo fuerzas para salir de este asqueroso sitio. Quiero dormir, olvidarme de todo para siempre. Voy a tomarme todas mis pastillas, así no tendré que afrontar esta vergüenza. Perdona por haber sido tan idiota. Aunque, no lo creas, te amo y siempre te amaré, a pesar de saber que tú a mí no. Yo pensaba que así me vengaría, pero ¡qué cara me costó esta venganza! Al final soy la perdedora. Ojalá Dios me comprenda y me perdone.

Julieta»

Por más que intentó controlarse, el diputado Valdivieso lloró sobre el hombro del hermano. Moreno respetó su silencio y se fue al otro extremo de la habitación para responder su teléfono. Luego vino con botellas de agua para todos. Repuesto, de la impresión, el diputado le agradeció lo que hacía.

—Todo esto tiene un nombre: Adolfo Paz.

—Ella no lo menciona, diputado.

—Tampoco me menciona a mí y ustedes saben a quién se está dirigiendo.

—Moreno —intervino el vicepresidente—. Crea lo que dice mi hermano. Adolfo Paz estaba manteniendo relaciones adúlteras con Julieta, eso era algo que intentábamos manejar en familia antes de que estallara esta crisis.

—Ese sujeto ha estado acusado por casi todos los delitos que prevé la ley, y se ha escapado de cada uno gracias a sus influencias y a su dinero.

—Y al parecer ahora se encuentra en quiebra o cerca de estarlo. Pero no contó con el suicidio de Julieta.

—Bien, ahora debo salir porque me están requiriendo en la presidencia. Ustedes pueden quedarse aquí, estarán a salvo. Es seguro que veré en unos minutos al jefe de investigaciones policiales y lo pondré al tanto de lo que ustedes me comentan. Quizás por lo del suicidio de Julieta no lo podamos aprehender por mucho tiempo, pero sí por la extorsión. Diputado, si vuelve a comunicarse con usted, sígale la corriente, no le mencione que Julieta está muerta.

—Al parecer se asustó cuando le dije que sabía quién era. No sé si vuelva a llamar.

—Llamará. También él está desesperado. No sabe que tiene la soga al cuello, nosotros solo debemos esperar el momento justo para moverle la silla, o él mismo la pateará.

El diputado se derrumbó en el sofá, mientras el vicepresidente conversaba con alguien a través de su teléfono. Varios minutos después vino hasta donde se hallaba su hermano.

—Logré comunicarme con Manizales. Lástima que no podía verlo, pero creo que el animal ese babeaba de rabia. El cretino insistía en que me presentara ante el procurador. Le dije que todos los muertos y heridos de esta tarde se le cargarán a su cuenta apenas termine esta crisis, y que no se le ocurriera seguir con sus alusiones a un magnicidio, porque yo contaba con copia del informe forense sobre la necropsia practicada al cuerpo de Rigoberto González.

—¿Y qué te dijo?

—De todo. Pero lo noté asustado. Todo se está derrumbando a su alrededor. Ya supe que se le está presionando desde el exterior para que deje el cargo. La Iglesia le ha hecho fuertes cuestionamientos por lo de esta tarde. Van once muertos hasta el momento, todos ciudadanos indefensos. La Cruz Roja Internacional ha emitido comunicados en los que se habla de una matanza en el país a manos de fuerzas militares. Y todos los partidos políticos, incluso los que nos adversaban, y los independientes, ha hecho causa común. La Cámara de Comercio, los industriales, el frente estudiantil, hasta los sectarios de SUDOR. Todos quieren que Manizales salga de la presidencia, exigen que enfrente cargos penales por lo ocurrido. Es más, se está pidiendo que haya una investigación seria sobre todos los delitos denunciados en este período que han sido engavetados por la justicia dominada por González. Hasta los diputados oficialistas han comenzado a habilitar a sus suplentes para no dar la cara por Manizales en estos momentos. Solo el presidente de la cámara y su equipo están con él.

—Claro, como siempre, esos parásitos del poder venden su alma al mejor postor. Pero esta mañana sí hablé con varios diputados del gobierno, de los menos dañados, y percibí duda y rechazo a la forma en que se está manejando esto.

—También me comuniqué con Sucre. Él está bien. Está tratando de organizar a toda la dirigencia en un frente común. Le están ofreciendo respaldo de todos lados.

—Yo voy a salir de aquí.

—Yo también. Debemos encarar la situación. Le exigí a Manizales que en su próximo pronunciamiento público me desvincule de toda responsabilidad por la muerte del presidente, que pida disculpas al pueblo por la artimaña.

—¿Crees que lo hará?

—Le conviene hacerlo, porque si no, entregaré copia del informe personalmente en las embajadas, para que se transmita al mundo la clase de canalla que es él. Y le aconsejé que olvide el tema de los funerales de Estado de mañana, que se preocupe más por los funerales de tanta gente que ha fallecido por su culpa en este día.

—La de hoy va a ser una noche larga, Monsi.

—Así es, y trascendental, por las decisiones que debemos asumir.

En ese momento entró Adelina a la residencia y fue en silencio hasta donde se encontraba el diputado. Le dio un abrazo sin decir palabras, al que él correspondió de la misma manera.

CAPÍTULO 6

A las ocho de la noche de ese martes, en cadena nacional de radio y televisión, el ministro Manizales, como «ministro encargado de la presidencia», apareció ante la prensa, rodeado del gabinete, con excepción de Camargo y de Aurora Serrano. Informó que las fuerzas del orden actuaron acatando las disposiciones legales vigentes, y recordó que se había prohibido la movilización de los «opositores». Justificó el uso de la fuerza letal porque, según dijo, los guardafronteras traídos a la ciudad para ayudar a los policías fueron atacados con armas de fuego, a pesar de que no se registraba ningún muerto, y tampoco heridos, entre las tropas. Culpó de las muertes a los organizadores de la manifestación, y reiteró que las garantías continuaban suspendidas hasta que se realizara los funerales del presidente, el jueves por la mañana. Se refirió brevemente a los comunicados de la Iglesia y de los organismos internacionales, aduciendo que estaban recibiendo «información tergiversada» por parte de políticos a los que solo les interesaba llegar al poder, cayera quien cayera, incluso si la paz de la nación y el progreso se veían afectados.

Casi al final de su intervención, bastante monótona en comparación a sus mensajes del principio del día, que fueron prepotentes y fogosos, Manizales informó:

—Para finalizar, conciudadanos con la humildad que me caracteriza, les manifiesto que llegué a conclusiones apresuradas al decir que nuestro presidente murió asesinado. Luego de hacerse el examen de necropsia, se concluyó que su muerte fue provocada por un padecimiento cardiaco crónico, agravado por las tensiones de los últimos meses, quizás. Por este medio deseo pedir disculpas a quien hasta hoy fue vicepresidente de la nación, Simón Valdivieso, y a toda su familia. Espero que comprendan nuestra conmoción por la infausta noticia. La muerte de nuestro presidente nos ha afectado profundamente, pero el verdadero líder es capaz de reconocer y corregir sus errores. Hoy reconozco los míos. No obstante, le recuerdo al exvicepresidente Valdivieso que ya no hay ninguna orden de detención en su contra, por lo que puede presentarse en cualquier momento a la Asamblea Nacional, que se ha declarado en sesión permanente, para formalizar la renuncia verbal al cargo que manifestara en la reunión de gabinete de esta mañana.

Una vez terminada la conferencia de prensa, el ministro de seguridad retornó a su despacho, donde lo esperaba Ramiro Moreno. Se dirigió a él sin un saludo preliminar.

—Ramiro, tengo algo importante que preguntarte.

—Escucho.

—¿Conoces el paradero de Simón Valdivieso?

El jefe policial sintió una sensación de desasosiego que le advirtió que ya Manizales tenía conocimiento de la situación real, y actuó en consecuencia.

—Por supuesto que lo sé.

—No me digas, ¿y por qué carajo, no me lo notificaste?

—No quería que él perdiera la confianza en mí. Por otra parte, es como si estuviera arrestado. De otro modo, se hubiese refugiado en una embajada y la situación hubiese sido peor. Si lo ves bien, el máximo beneficiado con esto, eres tú y el gobierno.

—No sé si es por el cansancio o qué, pero en este momento debería estar sacándote de aquí, arrestado, pero no lo haré. Solo debo advertirte que considero esto un desacato, yo debí ser informado de esa decisión.

—Tranquilo, señor presidente, ya las cosas comienzan a normalizarse.

—¿A normalizarse? ¿Qué crees que debo hacer con esta cantidad de muertos que ahora me están adjudicando, como si hubiese sido yo el que haló el gatillo en cada caso?

—Todo eso se resolverá apenas pase el funeral de Estado.

—Que al parecer será un sepelio común y corriente. Muchos de los mandatarios de la región me han comunicado que enviarán a un ministro, o en algunos casos a nadie. Con la propaganda que se ha hecho, en el exterior piensan que el país está en llamas.

—Le recomiendo que ordene la liberación de todos los detenidos. Eso hará que bajen las tensiones.

—¿Qué dices? Esa gente merece quedarse en la cárcel por un par de años.

—Este no es momento de apretar el puño. Hay que tender la mano, de esa manera nos evitamos la aglomeración de personas que hay frente al cuartel esperando saber de sus familiares. Además, será un gesto de reconciliación. Hay que enfrentar el asunto de los fallecidos, de los heridos. Ayudará mucho si resolvemos las necesidades de los detenidos. El presidente González lo hubiera hecho.

La apelación que hizo Ramiro al presidente fallecido tocó inmediatamente a Manizales, quien durante los últimos años procuró hacer todo aquello que consideraba agradable para el mandatario. Hasta muerto seguía experimentando esa influencia.

—El presidente era capaz de pararse de cabeza o de vestirse de payaso si con eso hacía sentir bien a la gente. Es verdad, te haré caso. Voy a dar las instrucciones para que sean liberados los detenidos.

Moreno aprovechó el instante para acercarse y tenderle la mano. De la imagen de gorila que ostentaba el ministro unas horas atrás, no quedaban ni rastros. Si acaso era un monito tímido oculto entre los arbustos. En verdad, el poder desenmascara, para bien o para mal.

Para remachar, el jefe Moreno se despidió del ministro con un ostentoso saludo militar. Sabía que su jefe, pese a ser durante mucho tiempo un reconocido luchador contra la dictadura militar, tenía un apego enfermizo e inconfesado por los uniformes y por todo lo que representaba la milicia. Desde su puesto, ensayó una respuesta igual, pero floja.

Tras la intensa lluvia de aquella noche, una vez más se anegaron las calles de los alrededores y yo caminaba por ellas tratando de llegar a mi casa, donde sabía que se hallaban Ana Gabriela y mi hijo. Delante de mí, en la acera, vi a una mujer con una linterna, diciéndome: «Venga, vicepresidente, por acá están ellos». La seguí entre el mar de agua y lodo que me impedía avanzar. Por alguna razón, la mujer de la linterna no tenía esos problemas, ella caminaba como si flotara.

El rugido de un trueno envolvió los alrededores. La luz de la linterna se debilitó y por un momento perdí de vista a mi guía. Algo me hizo ponerme alerta, era como si la naturaleza me enviara un aviso. Escuché un violento ruido. El oscilante llanto de las sirenas hacía temblar las ventanas, los motores de los helicópteros que volaban sobre el lugar en que nos encontrábamos eran tan fuertes que hacía levantar olas en el agua fangosa en que me hundía. Una cortina de humo y polvo cayó sobre mi cabeza, como si se estuvieran derrumbando las casas. Permanecí inmóvil, sin saber qué hacer. ¡Cuánto me hubiera gustado estar con mi mujer y mi hijo! Escuché pisadas fuertes entre el fango, como un tropel. Recordé el arma que siempre llevo, por seguridad. La tomé y disparé una y otra vez, guiándome por mis reflejos hasta que un prolongado silencio volvió a llenar la calle en la que me encontraba. Todo sucedía demasiado deprisa. De lejos escuché una voz. ¿Sería Ana Gabriela? ¿Sería mi hijo? No. Estupefacto, contemplé la escena: seis hombres altos y fornidos, vestidos con uniformes de fatiga, bajaban por cuerdas desde los techos. Detrás de ellos, en un segundo plano, pude distinguir a Ramiro Moreno, con un fusil en la mano. Contuve el aliento e intenté, sin lograrlo, volver a disparar. Seguía lloviendo. El jefe Moreno se acercó, sonreído, me dijo: «Hola, vicepresidente, ¿o quiere que le diga presidente?», y sin perder la sonrisa, me colocó su pistola sobre mi frente y detonó el arma.

—¡Monsi, Monsi!

Sobresaltado, Simón despertó, le comentó a su hermano el terrible sueño y este le respondió que era producto de lo que sucedía.

—Acabo de verificar todo lo que está pasando. Es casi medianoche, han liberado a los detenidos. Sucre en persona los recibió y obtuvo los medios para hacerlos volver a sus casas. En la Asamblea siguen esperando que presentes la renuncia, pero les dije que tú no lo vas a hacer. La Policía Judicial allanó la casa de Adolfo Paz, los guardaespaldas de él pretendían evitar el ingreso de la autoridad, y cayeron abatidos dos de ellos. Le confiscaron todas las computadoras y van a revisarlas en busca de material comprometedor en este caso.

—¿Detuvieron a Paz?

—Sí, como la rata que es, pretendía escapar por una alcantarilla que pasa cerca de su casa. Ahí lo agarraron, en calzoncillos y cubierto de lodo, pidiendo la asistencia de un abogado. En un teléfono que estaba en el escritorio se registraron las dos llamadas que me hizo esta tarde. Así que prácticamente está asegurada su permanencia en la cárcel por buen tiempo.

—¿Crees que es seguro volver a casa? Muero por abrazar a Ana Gabriela y a mi hijo.

—Sí, Moreno nos llevará en un auto de la policía, para evitar contratiempos. Sucre me dijo que irá a tu casa, apenas confirme que todos los detenidos han sido liberados.

—Tremendo tipo ese Sucre. Es el mejor vicepresidente que pude haber escogido. Mejor que él, solo tú.

—Vamos, Monsi, para eso estoy. Siempre hemos sido unidos. ¿Recuerdas lo que nos contaba nuestra madre, que en paz descanse? Cuando te cambiaron de la habitación de ellos a otra cercana, yo me empeñé en cuidarte. Cuando ellos se dormían, me levantaba y me acostaba en el suelo a lado de tu cuna. Mamá me sorprendió varias veces y, por más que se empeñó en que durmiéramos en nuestras propias habitaciones, no lo consiguió. Por eso acordaron trasladar mi cama a tu cuarto. Yo solo tenía cuatro años, dos años más que tú, y desde ese entonces te he cuidado.

Simón sonrió, al recordar que fue su hermano quien le puso el sobrenombre de «Monsi», repitiendo una y otra vez: «Yo cuido a Monsi». Desde ese momento, se sintió protegido y querido por su hermano. Su hermano se graduó de secundaria un año y medio antes que él y no hubo fuerza humana que lo obligara a empezar la universidad. No fue hasta que Simón se graduó que los dos partieron al extranjero; él estudió Ingeniería y su hermano Ciencias Políticas, pues en eso no se pusieron de acuerdo.

—Buenos recuerdos, pero vamos. Hay que programar todo lo que falta por hacer.

CAPÍTULO 7

Simón abrazó a su esposa con toda la fuerza que era posible mientras le daba un prolongado beso. Ella lo esperaba en la sala de la casa, con su hijo dormido en el regazo.

—No quiso ir a la cama. Se empeñó en esperarte despierto.

El vicepresidente acarició la cabeza del niño y este, al contacto, abrió los ojos y se colgó de su cuello en un apretado abrazo.

—Llévalo a su cama. Volvió a dormirse —le advirtió Ana Gabriela.

Luego estuvieron un rato conversando sobre los acontecimientos recientes y el caso de Julieta, que tenía en *shock* a Ana Gabriela.

—Siento que pudimos haberla ayudado más, que ese no debió ser el final de ella.

—Ese no debe ser el final de nadie. Pero no te sientas responsable, ni mi hermano sabía lo que estaba ocurriendo. Él sí es responsable en gran parte por esto, manteniendo una doble vida que a ninguno convenía.

—Simón, ¿puedo preguntarte algo?

—Claro, mi vida.

—¿Me amas?

—¿Qué preguntas, querida? Claro que sí.

—¿Más que a la política?

—No te pongas celosa con ella, que la política no usa faldas.

Era verdad. Simón amaba a su mujer. Siempre admiraba su belleza, y el acierto que tenía para verse arreglada hasta en los peores momentos.

Ella era una mujer culta, con una gran inteligencia, sagaz en los negocios y con un encanto arrollador. Cuando se conocieron, manejaba la empresa de su padre, pero una vez casados, y con la llegada del niño, ella decidió echar todo a un lado para encargarse del hogar. Al principio, él se resistió. Se imaginaba que eso arruinaría su glamur, pensaba que pronto los de su círculo le reprocharían el haber acabado con la prestancia de Ana Gabriela, pero ella se empecinó en su decisión, argumentando que solo sería cuestión de dos o tres años. Ya iban siete, y ambos no entendían cómo se podría vivir de otra manera.

A esas horas, el presidente de la Asamblea, convencido de que el vicepresidente no presentaría su renuncia al pleno en esa fecha, declaró clausurada la sesión y pidió a los miembros que se prepararan para estar presentes en los funerales del presidente bien temprano.

Esa decisión disgustó mucho a Manizales, y hasta tuvo un cruce fuerte de palabras con el diputado presidente, quien le reprochó los desmanes cometidos en todo el país por causa de sus decisiones arbitrarias, y le aseguró que ellos, los diputados, estaban perdiendo apoyo popular por esa causa.

Lo que sucedía es que el presidente del parlamento olía que Manizales no contaba con todo el poder, y comenzaba a tantear la posibilidad de dejarlo solo. En tiempos de Rigoberto González, él habría mantenido abierta la asamblea por una semana si así se lo pedía el mandatario. Pero no ahora. Y menos ante la certeza de que Valdivieso no iba a dar su brazo a torcer.

En la Policía Judicial, el diputado Valdivieso, quien se encontraba rindiendo declaraciones en torno al caso de Julieta y en contra de Adolfo Paz, recibió una llamada avisándole sobre la suspensión de la sesión. El propio presidente de la asamblea se lo informaba, aprovechando la oportunidad para darle sus condolencias por la muerte de Julieta De La Torre. Él recibió la llamada con cierto enojo, y apenas cerró, bajó la cabeza y meditó.

—¡Qué fastidio tener que soportar a estos lambones! Cada día me siento más asqueado del comportamiento de mis colegas, se nota que están buscando nuevos acomodos, porque advierten que Manizales no sale bien librado de esta aventura maléfica.

Una llamada en su celular lo sacó de sus meditaciones. Era Adelina, para darle aliento. Se lo agradeció. Su ánimo andaba por el suelo en esos momentos, y aquellas palabras le vinieron bien. Siempre es bueno sentir que hay alguien que está contigo cuando todo parece ir mal, pensó, y enseguida le vino a la mente Julieta. Quizás ella habría necesitado una voz amiga que la sacara de ese pozo oscuro en que se hallaba metida, tal vez esa voz debió ser la de él. Pero al instante acudieron a su mente las imágenes asquerosas que vio en los videos de Paz y sacudió la cabeza, desconcertado. ¿Pudo haberse tendido un puente entre él y Julieta? Lo más seguro es que no, pero la muerte de ella sería una sombra siniestra en su conciencia, siempre.

En la Policía Judicial le reconocieron su investidura y eso ayudó a que tramitaran su caso con cierta rapidez, teniendo en cuenta la gran cantidad de casos de muertes y lesiones que se estaban denunciando a raíz de los disturbios. Las preguntas que le hicieron fueron breves y concisas, y todas las respondió según lo que sabía.

Otra llamada. Un colega diputado le informaba que corría el rumor de que la asamblea sería atacada por opositores esa madrugada. Se decía que lanzarían varias bombas molotov con el fin de incendiar el edificio. Ya los miembros de la seguridad estaban revisando las oficinas, en busca de una presunta bomba que debería explotar esa madrugada. Con voz apagada le dijo al colega que eso era parte de los tantos rumores que sacudían a la ciudad y al país en los últimos días, que no iban a encontrar nada como en los casos anteriores, y cerró la llamada sin darle las gracias por avisarle.

Una funcionaria lo llamó para que leyera y firmara los documentos de su declaración. Lo hizo mecánicamente, como si cargara un gran peso encima. Podía ser el cansancio, pero era más probable que se tratara del abatimiento por todos los sucesos de ese día.

Le pidió a su chofer que lo llevara a su casa, a dormir un par de horas, porque sabía que la mañana traería nuevos contratiempos, y grandes. La ciudad parecía descansar en paz, pero el aire estaba saturado del olor a las bombas y del humo de los neumáticos que se incendiaron.

La mañana del miércoles el país se encontraba en medio de una tensa calma. Los líderes de los denominados «opositores», que, en ese momento, bien podían corresponder a gran parte de la población, se encontraban reunidos en las respectivas sedes de sus organizaciones, tomando decisiones en cuanto a los hechos del día anterior. Como era de esperarse, la brutal represión del gobierno produjo el efecto contrario: aglutinó a todos los frentes en contra de Manizales y del gabinete.

A las nueve de la mañana, por órdenes del «ministro encargado de la presidencia», como se leía en el cintillo que pasaban los canales de televisión, los medios de comunicación comenzaron a transmitir un acto en el palacio presidencial. Para los espectadores comunes, pero sobre todo para los dirigentes políticos, el acto se constituyó no solo en una torpeza mayúscula de Manizales, sino en la mayor afrenta que se le podía hacer al pueblo en ese instante.

El ministro, acompañado de parte de sus colegas del gabinete, condecoró, «en nombre del difunto presidente Rigoberto González y de quienes seguimos su doctrina» a los oficiales guardafronteras que comandaron la represión del día anterior. Adicional a eso, les prometió un aumento a sus salarios del ciento por ciento, es decir, les duplicaría el monto de lo que ganaban, desde el soldado raso hasta el comandante, una medida jamás vista en el país para ningún otro tipo de funcionarios. Y fue claro en advertir que solo era para los guardafronteras, no para los policías regulares.

El vicepresidente Valdivieso, que se alistaba para salir, en ese momento, de su residencia, contempló las escenas con aire de incredulidad:

—Yo sé que Manizales es un troglodita, pero este acto tan demencial e inoportuno va a terminar de hundirlo en el descrédito público. ¡Está insultándonos a todos! —exclamó.

—Quizás eso es favorable para nuestra lucha, mi amor —advirtió Ana Gabriela—. De esa manera nos convence de que el poder corrompe a los que no lo merecen.

—No, Ana Gabriela, a ese el poder lo que ha hecho es desenmascararlo. Su mayor mérito fue el de ser un arrastrado, un servil, pero en el fondo lo que soñaba era con esto. Todas esas poses de hombre duro, de grosero, irreverente, eran para agradar a González, porque veía en él un escalón para llegar a esto. Fíjate cuando habla de «doctrina», ¿quién le conoció a Rigoberto González alguna doctrina que no fuera su bolsillo y la satisfacción de sus instintos más bajos?

—Insisto, amor. Ahora lo vemos de cuerpo entero, ya no engañará a nadie.

—En eso tienes razón, y me da mayores energías para combatirlo. Yo tenía dudas de que se pudiera hacer una nueva manifestación hoy, pero creo que esto que hemos presenciado justifica que la hagamos. No salgas de casa, quédate con el niño hasta que la situación se estabilice.

—Si no fuera por él, me hubiera gustado estar contigo en la calle.

—Yo sé, mi vida. Pero hay que ser prudentes.

Ana Gabriela lo despidió en la puerta, con una oración silenciosa para rogar que todo saliera bien.

CAPÍTULO 8

Apenas llegó a la sede del partido, Simón Valdivieso se enteró de un nuevo ataque del gobierno: por medio de YouTube, Facebook y Twitter se estaban divulgando grabaciones de llamadas telefónicas personales de los líderes opositores, empresarios que el día antes se opusieron a las medidas del régimen, dirigentes de SUDOR y hasta funcionarios que no se mostraban apegados a las últimas actuaciones. Y en caso de que el objeto de la campaña no tuviese ningún asunto turbio que asolear, se dirigía el ataque contra sus familiares, como en el caso del vicepresidente, que se divulgaba una versión perversa del suicidio de Julieta De La Torre («agobiada por las infidelidades de su marido con Adelina Moreno», según decía el video publicado, en el que se mostraban fotos de la difunta sobre la cama del hotel de ocasión en que murió), o de la ministra Serrano, a quien se le publicaba un video pornográfico en el que participaba un hermano suyo, homosexual, quien vivía en el exterior desde su adolescencia.

—Tú qué sabes más de estas cosas modernas, ¿cómo se pueden sacar estas cochinadas de la vista pública, Simón —le preguntó Olegario, quien era uno de los más asqueados por la campaña que se estaba mostrando—? Aquí hemos hablado con gente del gobierno. Dicen que no tienen nada que ver con eso.

—Es poco lo que podemos hacer, si no tenemos instituciones legales que nos respalden, y las que hay hacen precisamente lo contrario a su deber —respondió el vicepresidente con malhumor—. Ellos y nadie más que ellos son los que cuentan con los medios para hacer canalladas como las que se están viendo. Y lo hacen una vez tras otra, como si confiaran plenamente en la impunidad con la que se arropan. Pero tendrán que responder por cada uno de estos delitos, y por el sinfín de cargos que han estado acumulando.

—Antes de que llegaras, estábamos diciendo que eso de ayer fue una masacre. Que alguien debe ir a juicio por esto —añadió Olegario.

—Y no dudes que así será. No hay piedra en el mundo bajo la cual puedan esconderse esos desgraciados. Y sobre la manifestación de hoy, ¿qué acordaron?

—Que vamos todos. La gente quiere hacerles ver que no les tienen miedo. Mañana, a la hora del sepelio de González, se harán los entierros de todos los caídos en la marcha.

—Pues cuenten conmigo, esta vez iré adelante.

—Eso mismo nos dijo Sucre.

—A propósito de Sucre —y al decir esto, el vicepresidente se llevó a Olegario hacia una esquina—. Lograría cumplir con la misión secreta que le encomendamos anoche.

—Hablé con él hace como una hora —confesó Olegario bajando su estridente voz—. Sí, habló con el coronel Nicanor Vega, y se llevó una gran sorpresa.

—No le des vueltas al asunto que me estás haciendo comer las uñas, viejo. Suelta tu información.

—Resulta que Vega detesta a Manizales.

—No me sorprende. Creo que, ese tipo cada vez que se mira a un espejo, lo rompe, de tan antipático que es.

—Vega le confesó a Sucre que los guardias presidenciales, por lo menos los oficiales, están en desacuerdo con lo que ocurre, y sobre todo con la presencia de los guardafronteras en la ciudad.

—¿Y aceptó nuestra propuesta?

—Se comprometió a que la guardia presidencial no acatará las órdenes de Manizales en caso de que le ordenen usar sus armas contra la manifestación.

—Eso es un gran paso, no podemos poner más muertos.

En ese momento se les acercó el diputado Valdivieso. Venía contestando una llamada y, apenas cerró el teléfono, les habló.

—Monsi, Olegario. ¡No me lo van a creer!

—¿Qué pasa? ¿Renunció Manizales?

—Ojalá, pero no se trata de eso, aunque es, pero alentador lo que tengo que decirles.

—Acabo de pedirle a Olegario que no sea tan dramático y ahora llegas tú.

—¿Ustedes conocen al comandante Corrales?

—Corrales, ¿el anterior jefe de los guardafronteras?

—¡El mismo!

—No me digas que va a venir a la marcha —expresó Olegario.

—Algo mejor que eso, mi viejo. Sucede que él fue el fundador de ese cuerpo militar, y los oficiales aún le guardan mucho respeto.

—Me consta —aceptó el vicepresidente—. Ellos tienen una condecoración que se llama «Medalla Coronel Virgilio Corrales», que la dan por excelencia en el servicio.

—¡Exacto! Además, Corrales fue quien mandó a estudiar fuera del país a Daniel Meléndez, el jefe de ese cuerpo, siendo este un tenientito, es como su padrino; y también fue quien le entregó el mando actual.

—Está bien, el hombre tiene influencia con los guardias, pero, ¿y eso qué?

—Que apenas terminó la ceremonia de condecoración de esta mañana, con Manizales. Corrales llamó a Meléndez, lo paró firme en el patio del cuartel y, al parecer, le reclamó por la acción de ayer.

—Cómo están las cosas, no me extrañarían que metieran preso a Corrales —intervino Olegario.

—Pues fíjate que no. Meléndez se lo llevó para su despacho, hablaron por quince o veinte minutos y, según Corrales, el jefe de los guardafronteras le aseguró que hoy no acatarán ninguna orden que signifique reprimir la manifestación.

—Oye, oye, entiendo que eso significa una sublevación —dudó Olegario.

—Pues no. Pero en el reglamento de los guardafronteras no hay ni una sola norma que los mande a atender este tipo de casos.

—¡Es cierto! Hemos estado tan metidos en esto que no hemos visto los hechos con detenimiento —afirmó el vicepresidente—. Y lo que nos dices es una noticia excelente. Olegario, vamos a organizarnos, esta vez saldremos más temprano. Citemos para las tres, todos a marchar con la bandera nacional a la presidencia.

—Sí —manifestó el diputado—. Pero les pido que no divulguen nada de lo que les dije, porque eso pondría en riesgo lo acordado.

—Oye —consultó el vicepresidente con la mirada fija en su hermano—. ¿Quién es tu fuente, si se puede saber? ¿Se puede confiar en ese confidente?

—Sin lugar a dudas. Pero no es él, es ella.

—Ya sé: Adelina.

—Correcto.

—Pues dile que le agradecemos profundamente lo que hace.

—Ya se lo manifesté.

Con mejor ánimo, los hermanos Valdivieso y los

jerarcas del partido se dedicaron a hacer los contactos necesarios para divulgar la convocatoria y asegurar la asistencia de la mayor cantidad de público a la concentración de esa tarde. A eso del mediodía, la percepción de todos es que iría el doble de personas que la tarde anterior.

Por su parte, medios oficialistas usaban a voceros de Manizales para repetir una y otra vez que la intención de la marcha era permitir que se registrasen saqueos en la ciudad, y como supuestas pruebas sacaban al aire diálogos evidentemente editados entre reconocidos dirigentes y los sindicalistas de SUDOR. En estas llamadas, que según ellos aportaban «los ciudadanos decentes que no estaban de acuerdo con el daño que se le hacía a la nación», se hablaba de crear violencia, de generar caos y de permitir el vandalismo.

En cambio, por las redes sociales, los ciudadanos manifestaban su certeza de que esas conversaciones mal cortadas se generaban en las oficinas de la seguridad del Estado, y eran producto de la desesperación del gobierno por desacreditar la creciente oposición que se generaba en toda la nación.

Mientras se encontraba hablando con unos dirigentes que acababan de llegar del interior del país para participar en la marcha, el vicepresidente Valdivieso notó el ingreso al salón de una pareja de aspecto triste, a los que enseguida reconoció: los padres de Julieta De La Torre. Ofreció disculpas a las personas con las que conversaba y fue a atenderlos personalmente.

—Queremos hablar con tu hermano —dijo la señora, secamente.

—Estaba aquí hace un momento. Siéntese, haré que lo busquen.

—Dile que vinimos porque él no se ha tomado la molestia de visitarnos, de ponernos al tanto de lo ocurrido con Julieta. Esa hija nuestra que murió por causa de él, que fue una esposa modelo, y que ahora anda en boca de todo el mundo porque él no se ha dignado ocuparse de este caso como debe ser.

Simón sintió como si lo golpearan por todas partes. Entendía el dolor de aquellos señores, y notaba la poca información que tenían sobre el caso. Pero a la vez estaba consciente de que no era el mejor momento ni el lugar propicio para tratar un tema tan delicado. Conocía a ambos señores, si bien los trató poco antes, pues su hermano y Julieta casi no compartían los asuntos de familia; sin embargo, entendía que no debía dejar pasar por alto la tragedia que vivían ellos.

—Señores, quizás mi hermano se merezca muchos reproches y, en efecto, yo lo he «sermoneado» bastante como él mismo dice; pero de algo estoy seguro, lo de Julieta lo ha golpeado hondo y fuerte. Se lo digo porque estaba con él cuando le llegó la noticia de la tragedia y fue en mis brazos donde desahogó su dolor. No obstante, creo que, en todo este terrible momento que están viviendo ustedes por Julieta, y nosotros, habrán podido darse cuenta de que el país está al borde de una crisis enorme, que ha exigido tanto de él, como de mí, el máximo esfuerzo.

—Es decir, mi hija es lo de menos —interrumpió la señora, con los ojos bañados en lágrimas que conmovían a Simón.

—Señora, no diga eso. Son dos aspectos distintos, pero de una importancia extrema. Tanto él como yo hemos arriesgado la vida en estas últimas veinticuatro horas, y nos disponemos a seguir haciéndolo.

—Pero tienen guardaespaldas que los protejan y Julieta no los tuvo —volvió a interrumpir la señora.

—No, señora, esto no es cuestión de seguridad personal, somos todos como nación los que estamos amenazados. Ya sabes de los muertos de ayer, mi hermano y yo estábamos ahí en ese instante. Mire, le propongo algo: apenas pase esta crisis, apenas podamos volver a enrumbar el país por el camino correcto, yo mismo iré con mi esposa, con mi hermano, a disponer que el sepelio de Julieta se haga como lo merece. Y sobre los sucios mensajes que se están transmitiendo —a Simón se le quebró la voz, incapaz de seguir contemplando el dolor de aquella madre, pero ensayó una mentira noble—. Sobre esos mensajes, señora mía, respetado señor De La Torre, no crean una palabra. Son gente perversa que hace trucos para que se vean en la pantalla cosas que no son. Y el que lo hizo ya está detenido.

La madre de Julieta pareció sentir un alivio con esas expresiones. En el fondo, el mayor dolor era saber que la reputación de su hija muerta estaba siendo enlodada de esa manera.

—Simón, ¿está seguro de lo que me está diciendo?

—Por supuesto, señora. El que hizo eso se llama Adolfo Paz, y está detenido en la Policía Judicial. Y le prometo que estaré pendiente para que sea llevado a juicio.

—Ese es un delincuente de marca mayor —habló el padre por primera vez—. Sobre el que mi hija jamás hubiera puesto sus ojos sin ensuciarse.

—Y estoy de acuerdo con usted, pero pensó aprovecharse de la tragedia para ganar dinero y lo que tendrá será una celda por muchos años —lo apoyó el vicepresidente.

Visiblemente aliviados en parte, la pareja triste volvió a su auto, acompañados por Simón, quien les pidió que se mantuvieran en casa, porque esa tarde podrían darse nuevos enfrentamientos. Apenas los despidió, el vicepresidente puso atención en las numerosas llamadas que estaban entrando a su celular sin recibir respuesta de su parte. La primera que contestó fue la de su hermano.

—¡Monsi! Te estoy llamando. ¿Dónde estás?

—En la sede del partido, poniendo el pecho por ti.

—No entiendo, pero luego me explicarás. Estoy en la Asamblea. He visto cosas increíbles.

—Nada de lo que sucede en ese sitio es increíble. Pero cuéntame.

—Aunque no lo creas, las cosas se le están poniendo color de hormiga a Manizales. Varios de sus diputados ya no lo están apoyando.

—Como te dije, no me extraña. El olor del poder es un imán de dos polos: atrae cuando se obtiene, aleja cuando se va perdiendo.

—Acuérdame mandar a grabar esas palabras en una camiseta, apenas pase esto, filósofo hermano. Pero acá el asunto es concreto: algunos de los muertos de ayer eran familiares o amigos de algunos colegas míos.

—Nada raro en este país donde todos parecemos conocernos o ser parientes de los demás. En fin, ¿nos apoyarán?

—Por ahora, de una manera espiritual, pero creo que es cuestión de que doblemos algunos brazos y…

—Oye, se te está pegando la forma de hablar de Manizales.

—Es que a esta gente hay que hablarles con hechos. Yo he usado tu nombre para prometer algunas cosas.

—Ahora te me pareces al difunto Rigoberto González, promete, promete, promete, y luego no cumplía con nada.

—En serio, Monsi. Algunos de ellos son candidatos perfectos para un juicio por delitos que van desde corrupción de funcionarios y tráfico de influencias hasta peculado. Les he prometido que en tu administración me encargaré de que esos casos sean archivados.

—Si yo fuese tú, no estaría tan seguro de eso. Hay que sacudir el árbol de naranjas para que todas las que están podridas vengan al suelo.

—Otra vez se te sube el filósofo pueblerino a la cabeza. Lo cierto es que es la única forma en que estos tipos entienden. Y ya he conseguido el respaldo de varios de ellos, en contra de Manizales.

—Continúa haciéndolo, hermano. Ahora mismo necesitamos todo el apoyo posible.

—Otra cosa, Monsi, ¿la marcha va, cierto?

—Con todo, y ahora con más energía, porque es momento del esfuerzo final y definitivo.

Luego, la dirigencia del partido, con el vicepresidente Valdivieso y Justo Sucre a la cabeza, se reunieron con los dirigentes del frente opositor a Manizales y acordaron las medidas que emprenderían desde ese momento.

Al mismo tiempo, una comisión de jóvenes, nombrada desde el día anterior para ese fin, se encontraba inundando las redes sociales con mensajes en los que convocaban a la población a la «Gran Marcha Final por la Patria», como la denominaban. Dado el cierre virtual de los medios de comunicación, esta seguía siendo una vía práctica para cumplir con ese propósito, y el gobierno, inundado por la cantidad de críticas que estaba recibiendo, y carente en gran medida de personas con la debida formación para entender el problema adecuadamente, no se percataba de la efectividad de este recurso que los estaba dejando sin bases firmes para actuar.

Algunos de estos muchachos eran tan creativos que ya estaban poniendo en todos los medios disponibles, unas canciones grabadas por ellos mismos, usando la música de éxitos bien conocidos por la población. Entre los coros más repetidos estaba el de «Maní-maní-Manizales, por qué no sales, porque bien sabes que aquí tenemos: ¡maní-maní, para Manizales!», y esto se bailaba con gestos particulares que le daban mucho sentido a las canciones. Incluso, ya para el mediodía de ese miércoles, una enorme cantidad de teléfonos tenían como tonos seleccionados para sus llamadas entrantes la pegajosa melodía.

Al final de la reunión, se le escuchó decir a Benedicta Grajales:

—¡Ave, María Purísima! En mis tiempos mozos, el gobierno nos quitaba la radio y teníamos que salir a repartir volantes con gran riesgo, pero necesitábamos días para informar a la población, y estos chiquillos en unas cuantas horas tienen al país coreando las mismas consignas.

—Son los nuevos tiempos, vieja —la apoyó Olegario—. Ya nada se hace igual. Por eso es que tampoco hay cabida para tiranos, porque no se puede callar a un pueblo si este no quiere.

Y el grupo de los reunidos reconoció que eso era cierto.

En resumen, los acuerdos alcanzados giraban alrededor de tres puntos: el primero, la marcha se convocaría, nuevamente, de manera pacífica y con carácter cívico, solo con la bandera nacional y las consignas que aludieran a la lucha por la democracia y contra las intenciones autócratas de Manizales; segundo, la condición inmediata para desarticular el frente opositor y la lucha planteada en las calles era la renuncia de Manizales y de su gabinete y la salida inmediata de las tropas guardafronteras de la ciudad; iniciar de inmediato una investigación sobre las muertes de los manifestantes del martes por la tarde y primeras horas de la noche para deslindar responsabilidades, condenar a los culpables e indemnizar a las víctimas.

Sobre el segundo punto, si bien no se divulgó ampliamente, el acuerdo es que Valdivieso y Sucre se mantendrían en sus candidaturas, y que apenas renunciara Manizales se reorganizaría el gabinete, con la ministra Serrano como presidenta encargada y con la misión única de conducir al país a través del proceso electoral hasta garantizar un relevo presidencial transparente.

Además, Valdivieso decidió incorporar a sus metas de campaña el hecho de convocar, apenas iniciado su periodo, en caso de obtener el triunfo, a una revisión integral de la Constitución o a la redacción de una nueva Carta Magna que blindara a la República de cualquier otro intento de personas o grupos por alcanzar el poder por medios turbios. Y aseguró que, en caso de no ser elegido en las elecciones venideras, encabezaría una campaña cívica para lograr ese mismo fin. Fueron muchos los que, desde distintos partidos y organizaciones, apoyaron esa medida.

De esa manera, el frente opositor se presentaba ante Manizales, unido y coherente con los principios que el pueblo consideraba importantes.

Los primeros grupos de personas comenzaban a llegar al sitio de la concentración, portando banderas nacionales y coreando estribillos contra los usurpadores del poder.

CAPÍTULO 9

En el palacio presidencial, las cosas no eran optimistas. El ministro Javier Manizales, malhumorado y tosco por naturaleza, ahora exteriorizaba lo peor de su deformado temperamento ante quien estuviera cerca, en este caso los ministros del gabinete, con excepción de Aurora Serrano, quien le manifestó que solo permanecería en el cargo hasta después del sepelio del presidente, y que estaría en su despacho poniendo todo en orden para entregar el puesto el viernes siguiente.

Lo que más le molestaba al «presidente encargado» era que ningún mandatario extranjero asistiría al sepelio de su tan venerado jefe; todos presentaron excusas y los funcionarios de mayor jerarquía que confirmaron su presencia estaban en el nivel de vicecancilleres. Lo consideraba una afrenta mayúscula y ya hablaba de suspender los contratos millonarios que González firmó en los últimos años con empresas de esos países, algo que no era viable, según la opinión de sus colegas del gabinete, aumentando así su disgusto.

Pero otra cosa aumentaba su malestar, y era la información recibida de que las arcas del Estado estaban vacías, que el Ministerio de Finanzas estaba recaudando menos dinero del previsto a principios de año, que no se contaba con posibilidades de obtener nuevos préstamos y que para disponer de los fideicomisos se requerían leyes especiales que tardarían semanas en aprobarse, y eso si se contaba con la mayoría legislativa, algo de lo que ya no estaba seguro. En pocas palabras, el país tenía su estado de cuenta en rojo, pero lo más grave es que existía un sinnúmero de pagos pendientes y otros por vencer, todos por cifras millonarias.

—¡Sarta de incapaces! Todo lo que me propongo encuentra en ustedes un obstáculo, una negativa —gritaba, como si los ministros tuviesen la potestad de cambiar las leyes del mundo.

A media tarde citó a la presidencia al expresidente Jiménez De La Guardia, famoso por haber sacado al país de una inminente quiebra años atrás. Lo llamó con obligada cortesía primero y luego lo mandó a buscar en el automóvil oficial del presidente hasta su casa de campo, donde el viejo ocupaba su tiempo leyendo novelas, casi ajeno a lo que ocurría en el mundo. Con él se tomó un café con galletas, que fue lo único que le aceptó el anciano.

—Mi querido y admirado presidente Jiménez De La Guardia —se expresó Manizales exhibiendo una cara de regocijo extraña en él—. ¿Qué podemos hacer con el mundo? Se nos muere Rigoberto González en pleno ejercicio del poder, ¿cree usted que eso sea justo? La gente como él, la gente como usted, deberían quedarse en el mundo para semilla.

El exmandatario lo miró con una media sonrisa que no ocultaba su desdén por aquel ministro igualado. Él aceptó la invitación porque suponía que se estaba invitando a todos los presidentes vivos de la nación para los actos protocolares del día siguiente, pero al no ver a otros allí sintió extrañeza e incomodidad.

—Mire el caso de nuestro país, somos inmensamente ricos en recursos y necesitamos gente que sepa canalizar todo eso con sabiduría. Mis ministros ponen obstáculos a todo, esto no se puede hacer, aquello tampoco, ¿qué país puede progresar así? Por eso es que a Rigoberto se le admiraba, porque era un ejecutivo a tiempo completo, a él no se le podía andar con rodeos, era práctico, impetuoso, directo.

El viejo no intentó ocultar un bostezo. Una de las causas que lo motivaron a aislarse del mundo político de su país era, precisamente, las maneras improvisadas e imprevisibles de González, y él consideraba que esa no era la manera de conducir un Estado al que costó mucho poner en pie después de la dictadura. Pero Manizales seguía hablando.

—Imagínese, me dicen que el presupuesto está agotado, que no hay recursos para iniciar nuevas obras y en ocasiones ni para terminar de pagar las que ya están en marcha. Pero usted, que manejó este país en momentos difíciles, ¿qué hizo? Me gustaría oírlo de viva voz, para aprender y poner en práctica esos consejos.

Jiménez De La Guardia no estaba al tanto de los detalles, quizás, pero sí sabía acerca de la represión sufrida por los manifestantes, los muertos que hubo y la falta de escrúpulos de una gran parte del gabinete, con tal de quedarse en el poder. Quería retirarse, pero se sintió obligado a contestarle esa pregunta a Manizales.

—Hay que pensar primero en un gasto programado y acorde con los ingresos, eso es contabilidad fundamental. Emprender solo los proyectos que de verdad beneficien a la gente, y hacerlo con la mayor calidad y el menor costo, que no siempre es fácil, pero debe hacerse. En cualquier crisis, el que sufre es el pueblo, porque sobre sus hombros se recargan los que más poseen. Es como en las instituciones financieras, al parecer allí las ganancias son privadas, pero cuando hay pérdidas estas son sociales.

—Ja, ja, ja —celebró la expresión Manizales—. Es cierto, los bancos estadunidenses tambalearon y enseguida corrió el gobierno a inyectarles millones a esa partida de especuladores incompetentes.

—Voy a tomar su ejemplo. Los bancos son como los

gobiernos, si prestan dinero a personas sin capacidad de pago, o lo invierten en obras que no dan beneficio, o de plano se lo roban —y al decirlo miró fijamente al ministro—. Todo está destinado a derrumbarse.

—A propósito, si yo estuviera interesado en obtener dinero fresco para las finanzas del Estado.

—Acaba de decirme que este es un país rico —advirtió Jiménez De La Guardia.

—Sí, pero con el dinero comprometido en obras.

—Entonces son obras que se proyectaron mal, porque siempre debe haber un margen.

—Pero volvamos al punto que nos ocupa, presidente Jiménez De La Guardia, ¿cuál es la mejor forma para obtener dinero en estos momentos?

—Si está a punto de quebrar, cerrando el grifo.

—No entiendo, presidente.

—Ahorrando, lo que hacemos todo, o por lo menos lo que debemos hacer cuando tenemos pocos recursos.

Las respuestas de Jiménez De La Guardia no le agradaban a Manizales. El anciano le pidió que diera las instrucciones para que lo llevaran de vuelta a casa y a él no le quedó más remedio que aceptar.

—Espero contar con su presencia mañana, presidente —advirtió Manizales al despedirlo.

—¿Estarán los otros presidentes?

—Espero que sí —respondió, volviendo a dejar ver en su cara el gesto de fastidio característico.

Se sentía frustrado por no haber obtenido de Jiménez De La Guardia la ansiada fórmula para disponer de recursos económicos. Miró el retrato del fallecido mandatario colgada en la pared de su oficina y le gritó:

—¡Maldito! ¡Te encargaste de saquear al país y me dejas el trabajo sucio!

Casi al mismo tiempo sonó el teléfono de su despacho. Era su secretaria, para informarle que afuera estaba el coronel Nicanor Vega, jefe de la guardia presidencial.

—Dile que pase, a ver con qué viene este —le contestó.

—Buenas tardes, ministro.

—Pasa, pasa Nico —le señaló una silla frente a su pupitre, a la vez que pensaba por qué el militar no le daba su título completo como «ministro encargado de la presidencia».

—Los jefes de los estamentos de seguridad tuvimos una reunión hasta hace poco.

—Un momento, ¿eso es lo normal? ¿Por qué tienes que reunirte tú con los comandantes de las otras fuerzas?

—Es una práctica que siempre mantuvimos con el presidente González.

—Pero el que manda ahora soy yo —hizo una pausa y se dio cuenta de que no le convenía entrar en polémicas con el hombre del que dependía su seguridad y la del palacio presidencial—. Está bien, está bien, Nico, después hablaremos de eso. ¿Me decías?

—Señor ministro, todo está listo para la manifestación de esta tarde. Hemos colocado las barricadas según los planes que siempre se adoptan en estos momentos.

—¿Crees que vendrá mucha gente?

—La información que manejamos es que ya comienza a movilizarse la gente, encabezada por los líderes del frente opositor.

—Esos cuatro gatos no se cansan de joder.

—Algo más de cuatro gatos.

—¿Cómo dices?

—Los dirigentes son como diez —manifestó Vega, algo sarcástico.

—¿Una manifestación de diez personas?

—Le hablo de la dirigencia. Los que vienen con ellos son miles, yo diría que el doble de ayer.

—¡¿Qué?! ¡Cómo es posible! ¿Y no saben que las garantías están suspendidas? Hablaré de inmediato con Daniel Meléndez para que se encargue de reprimir a esos revoltosos.

—Señor, me temo…

—¿Qué pasa, Nico?

—Con el que debe hablar es con Ramiro Moreno, él es el encargado de la seguridad a lo largo de la vía.

—¿Moreno? ¿Ese bueno para nada? No lo he reemplazado aún porque estoy esperando que pasen las honras fúnebres de su amigo, el presidente. Es Meléndez quien tiene el control de la calle.

—Disculpe, ministro. En la reunión conjunta de esta tarde nos dividimos responsabilidades basándonos en la Constitución. Meléndez tiene a su gente en el cuartel y es probable que retorne mañana, apenas pasa el sepelio, a sus bases en las fronteras. Ramiro Moreno está encargado de esta responsabilidad.

—¡No friegues, Nico! Aquí hay una autoridad y soy yo.

—Hay una norma, señor, y es la Constitución.

—Pero, ¿qué dices? ¡Esto es una sublevación!

—No lo tome de esa manera, señor. A usted mismo le conviene, a todos nos conviene, que esto acabe en paz.

—Mire, coronel, apenas la rinda los honores póstumos a Rigoberto, le juro que todos ustedes serán relevados de sus cargos.

—Si usted lo dice, señor. Ahora, si me permite, debo estar con la tropa.

El coronel Vega se retiró del despacho, haciendo primero una leve inclinación de cabeza, más como gesto de cortesía que de subordinación, dejando tras de sí a un Manizales iracundo, que expresaba insultos a diestra y siniestra.

Y esos gritos e insultos se multiplicarían luego, cuando escuchaba los cantos y los estribillos de los opositores pidiendo su renuncia.

Por uno de los ventanales, oculto tras unas cortinas, pudo ver en la plaza cercana a la multitud de personas que se expresaban en duros términos de él. El coronel Vega lo llamó para informarle que los dirigentes de la manifestación estaban pidiéndole que bajara a escuchar las exigencias que exponían.

—¡Tendría que estar loco para bajar a atender a esos sublevados!

—Señor, ellos han cumplido marchando hasta aquí en orden. Le corresponde a usted, como autoridad, recibir a una delegación.

—¡Pero soy yo el que decide si quiero recibirlos o no! —el ministro sentía que Vega no le estaba guardando los respetos merecidos a su cargo y eso lo ofuscaba—. De todos modos, déjalos que esperen un rato. Nombraré una comisión para que los atienda.

Y cerró el teléfono con cierta satisfacción por dejar hablando del otro lado a Vega. Él tenía que ocuparse de relevar a todo aquel que no le pareciera leal, y el jefe de la guardia presidencial acababa de meterse en su ya larga lista de sentenciados.

Fue hasta la sala de reuniones, donde los ministros que lo acompañaban permanecían hablando por teléfono y atendiendo asuntos que los involucraban. En ese momento tuvo una idea que le pareció buena. Les hizo señas a los ministros de educación, salud y obras públicas, que eran los de su mayor confianza, y les dijo que hicieran venir a sus suplentes. Con ellos se conformaría la delegación que recibiría la carta que traían los del frente opositor.

—No me da la gana de que esos mequetrefes sientan que se les da importancia. Bastante daño han hecho ya al país y encima han interrumpido todos los actos que merece nuestro difunto presidente. Díganles que los atiendan y que los manden a retirarse a sus casas, que luego del sepelio se les dará respuesta a sus inquietudes.

Los ministros no contestaron. Se limitaron a bajar la cabeza y a actuar como si, en verdad, se dispusieran a ir en busca de sus viceministros, si bien sabían que en esos momentos no podían traspasar la barrera humana para unírseles a ellos en palacio. En realidad, se encontraban aislados, casi como rehenes, en su propio terreno, y esa situación les preocupaba demasiado.

Cuando Manizales regresó a su despacho, ahí dentro lo esperaba el coronel Vega. Si bien él acostumbraba a entrar sin anunciarse, en aquel momento al ministro le cayó mal esa confianza, que tomó como irrespeto, pero prefirió arrugar la cara en lugar de reprochárselo.

—¿Y ahora, Nico? ¿No me dijiste que tenías mucho trabajo allá afuera?

—Así es, ministro, pero debo reportarle que los manifestantes están rodeando todo el palacio presidencial y manifiestan que no se retirarán hasta que usted no los atienda o, por lo menos, dé respuesta pública a sus solicitudes.

—A ver, y me imagino que también querrán que los invite a cenar. ¡Imbéciles! ¿A quién se le ocurre pensar que por unos cuantos sediciosos voy yo a interrumpir mis deberes como presidente encargado para leer sus pendejadas? Quién sabe qué cosas se les ocurrirá pedir.

—Disculpe, sabemos lo que piden.

Manizales miró fijamente al coronel Vega, quien le sostuvo la mirada.

—¿No me digas? ¿Y eso? ¿Ya recibió usted el pliego? ¿Con autorización de quién, a ver? —el tono del ministro era especialmente sarcástico, con la intención de minimizar el papel del coronel.

—No fue necesario, señor. Ellos lo están repartiendo en volantes a todo el mundo. De hecho, aquí traigo docenas que recogí de este lado de la cerca, ellos las están lanzando hacia nuestro lado —sacó un bulto de papeles de uno de los bolsillos de su uniforme de faena y le extendió uno al ministro.

Manizales miró el papel que sostenía Vega, pero no hizo el menor gesto para tomar uno. Simplemente le dijo.

—Bueno, si ya lo leyó, evíteme el disgusto de ponerme a leer zoquetadas. Hágame un resumen, lo escucho.

Vega miró el papel y luego volvió a ponerlo con los demás. Al parecer, se sabía de memoria el contenido.

—Exigen su renuncia inmediata y la del gabinete, que sean restituidas las garantías constitucionales, que haga justicia con respecto a las muertes de los manifestantes del martes y que…

—¿Cómo? ¿Y Valdivieso por qué no tomó el cargo cuando fue el momento? ¿Ahora sí, quiere la silla? ¡Pues se jodió! La única silla que va a tener es la de una celda donde voy a mandarlo a meter, por sedicioso y por faltar a sus deberes. ¡Desgraciado!

—No he terminado, señor.

—¿Ah no? ¿Después de semejante solicitud hay otras?

—Así es. El vicepresidente Valdivieso no aspira a ocupar la silla.

Manizales arrugó el entrecejo. Eso sí que era absurdo. Si toda esa movilización no fue para lograr el poder, ¿qué pretendía entonces?

—¡Explíquese, Vega!

—El frente opositor, que como sabrá lo integran los líderes de las principales organizaciones del país —y esto lo dijo con cierta satisfacción que repugnó a Manizales—. Está pidiendo que la ministra Aurora Serrano ocupe el cargo de «ministra encargada de la presidencia», y que sea ella quien se ocupe de designar al nuevo gabinete y conducir al país al final del proceso electoral en que estamos.

—¡Yo sabía que esa maldita mujer era una traidora de marca mayor! ¡Lo supe siempre, pero Rigoberto no me escuchó! Solo se reía y me explicaba que Serrano le daba sustento al gobierno. ¿Sustento? ¡Puñaladas por la espalda! ¡Pero se acabó esto! Enseguida la destituyo y le presento cargos.

—Señor, créame que si me hubieran dado a elegir si quería estar presente aquí, en este momento, hubiese dicho que no. Pero el destino tiene misiones a las que no podemos negarnos y una de esas…

—¡Vega! ¿Cree que este es momento para filosofar? ¡Lo que tenemos que hacer es ordenarle a la fuerza pública que cumpla con su deber! Y esas órdenes las voy a dar de inmediato. Aquí se verá quién es quién.

—Antes que salga, señor ministro. Debo advertirle que allá afuera se ha tomado en cuenta la situación. Casi sin excepciones, los ministros han acordado cumplir con las solicitudes del frente opositor.

Esa revelación no se la esperaba Manizales. Expresando improperios, abrió la gaveta de su escritorio y comenzó a buscar algo, con ansiedad.

—Señor ministro, ¿es esto lo que se le perdió?

Vega tenía la pistola de cachas doradas que Rigoberto González le regaló un día a su ministro de seguridad, sabiendo su particular debilidad por las armas.

—Disculpe el atrevimiento, pero antes de que entrara decidí tomarla. Es por su bien, señor. Si usted sacaba esa arma, como sospeché, me hubiera obligado a extraer la mía. Y le aseguro que soy de los que cuando saca el arma es con razón, y cuando la guardo es con honor.

Manizales estaba congelado en su puesto. Era como si le hubieran caído varios años encima en un par de horas. De pronto entendió que un cerco fuerte se hallaba extendido alrededor y comenzaba a apretar, a apretar, amenazando con asfixiarlo. Se dejó caer en su puesto, sin decir palabras. Afuera seguía escuchándose el gentío gritando insultos contra él.

—Vega, yo soy un hombre de carácter fuerte, usted me conoce. Pero también sé cuándo no se puede seguir adelante, y debo aceptar que todos me han traicionado. Sin embargo, quiero llegar a acuerdos que faciliten las cosas.

—Lo escucho.

—En vista de que usted, no sé cómo, ha tomado el papel de mediador entre los sediciosos y mi gobierno, le propongo algo.

—No tengo ese cargo, señor, pero trataré de facilitar las cosas por el bien del país. Dígame.

—Habla con Valdivieso. Dile que acepto todas sus exigencias, pero a cambio de algo.

—Escucho.

El ministro se puso de pie y caminó alrededor del despacho. Miró por la ventana, abriendo las cortinas un poco, pero solo vio la noche y escuchó las consignas. «Maní-maní-Manizales, ¡por qué no sales?, porque bien sabes que aquí tenemos: ¡maní-maní, para Manizales!». Luego se plantó frente al gran retrato de Rigoberto González, sonriente, en los buenos tiempos, cuando acostumbraba a decir que él era el único político que «caminaba por el pueblo y con el pueblo». Meditó en lo malagradecida que era la nación con el gobierno que tantas obras emprendió. El hecho de que ahora no hubiera fondos para pagarlas no era asunto de una mala gestión, sino del interés de hacer todo de una sola vez, pero allá afuera no lo comprendían. Preferían criticar los altos costos, como si no fueran obras grandiosas; o la corrupción de algunos, como si en todos los gobiernos no existiesen elementos corruptos. Los opositores se pasaban todo el día en los medios criticando, en lugar de reconocer lo que se estaba haciendo. Para ellos, el gobierno vivía en el país de Alicia, y todo porque procuraban quedar bien con la población más humilde. Y encima, la inoportuna desaceleración económica que vino a perjudicar la gestión de González en sus últimos dieciocho meses.

Manizales sacudió la cabeza. El lunes, casi al finalizar la tarde, estando él presente, el ministro Valdés, de Economía, pidió hablar urgentemente con el mandatario. «Lamento comunicarle que el gobierno está paralizado, en agonía; si esto fuera una empresa, le diría que estamos en bancarrota». González se enojó mucho con el ministro, le llamó «profeta del desastre», pero cuando él, Manizales, le advirtió que Valdés no era hombre de exagerar, y que debía ponerle atención al asunto, le contestó que «este país siempre ha estado condenado al éxito; algo encontraremos para vender y se solucionará el problema, una crisis no va a acabar con esa verdad». Y le pidió que lo acompañara a la fiesta de la que saldría sin vida.

—Señor ministro, espero sus instrucciones —lo interrumpió Vega.

Nicanor Vega era otro malagradecido. Tanto hizo Rigoberto González por él, aceptó sus solicitudes de presupuesto, lo ascendió, le dio todo en bandeja de plata, para que ahora lo traicionara. Pero no debía pelearse con él, no en este momento.

—Nico, habla con Valdivieso. Yo entregaré el cargo mañana apenas culmine el sepelio de Rigoberto. Al terminar, nos venimos para acá, yo renuncio y se acabó todo. Dile que comprenda que Rigoberto merece los honores como presidente. Que considere ese punto. Mañana jueves, a las doce, termina todo. Que lo hagamos como personas civilizadas y evitemos más perjuicios.

—Eso haré. Transmitiré sus palabras, señor.

El coronel Vega salió del despacho, esta vez sin saludar como era su costumbre. Lo que más deseaba era que el asunto terminara sin mayores traumas. Al pasar por el salón de los ministros, estos le hicieron señas, preguntándole cuál fue la respuesta de Manizales.

Con algo de fastidio, Vega les respondió:

—Que sí, pero que no. Acuerda renunciar, pero no hoy, sino mañana al culminar el sepelio del presidente.

—¿Y usted qué opina?

—Quedé como mediador, sin darme cuenta. Iré a la manifestación y trataré de alcanzar un trato con ellos. Me parece que lo que él pide es natural. Lo apoyaré. Mañana se arreglará lo demás.

Y salió sin dar oportunidad para escuchar otras preguntas. Cuando abrió la puerta, los ministros pudieron escuchar la gran algarabía de los manifestantes en las calles aledañas. Solo el ministro Valdés dejó escuchar su opinión.

—Me sentiría aliviado si se logra un acuerdo sano para todos. No quiero seguir en esto ni un día más.

Y como nadie le contestara, hizo un comentario para sí mismo.

—¿Qué será de Arístides Jaén, el que llamábamos «nuestro candidato»? No le he visto la cara en todo este lío que se ha formado. El hombre está acostumbrado a hacer campaña lanzando besitos a la multitud, nada de ajarse su vestido. ¡Ja!

CAPÍTULO 10

El vicepresidente Valdivieso escuchó la propuesta que le traía el coronel Vega de parte de Manizales. Luego miró a Justo Sucre y a los hombres y mujeres que estaban cerca de él, antes de expresar.

—En lo particular, confiaría más en un maleante condenado que me dijera que si lo dejan libre no volverá a cometer delitos que en Javier Manizales. En cada ocasión que enfrentábamos una crisis, él aconsejaba al presidente González que convocara a una comisión para ganar tiempo y que los dejaran en paz. Decían que una semana el país estaría preocupado por otro tema y no se acordarían del asunto. Pero no sé ustedes. ¿Qué dices, Justo?

—Yo creo que es razonable. Se mantiene el orden, se cumple con las honras fúnebres y se gana tranquilidad. Pero eso sí, no más de ese plazo.

Valdivieso miró a su hermano, quien hizo un gesto expresando que estaba de acuerdo. Los dirigentes de las otras agrupaciones comentaron entre sí y dieron un voto favorable. Se les consultó a los directivos sindicales de SUDOR, quienes dijeron que esa era otra estrategia dilatoria del gobierno para no cumplir sus compromisos y salirse del nudo que le tenía el pueblo alrededor. Por lo que no confiaban en la palabra de un corrupto de la talla de Manizales, y que para ellos una condición fundamental para desistir de las acciones de fuerza era que se restituyesen las garantías.

Se buscó un consenso y todos los representados en el frente opositor, menos los sindicatos, dieron su visto bueno a una especie de tregua hasta el mediodía del jueves, considerando que debían llevarse a su descanso eterno los restos del mandatario.

—De no alcanzar este acuerdo —manifestó Justo Sucre—. Pareceríamos una horda de gente incivilizada. Creo que podemos cumplir con el compromiso oficial y culminar esto en la hora siguiente al sepelio.

Los dirigentes informaron a los manifestantes sobre el acuerdo. Hubo aplausos, por un lado, y abucheos, por otro, pero venció también el cansancio que agobiaba a todos. Eran más de las diez de la noche cuando terminaron las intervenciones. Solo los de SUDOR se manifestaron en contra y prometieron iniciar una huelga general a partir del día siguiente.

Cuando el vicepresidente Valdivieso retornó a la entrada de la presidencia, procuró ser bien claro con su respuesta:

—Coronel Vega, dígale al ministro Manizales que el frente opositor va a pedir a los manifestantes que retornemos a casa en paz, y mañana los que deseen participar en los actos fúnebres pueden hacerlo, pero apenas termina el sepelio, los del frente estaremos de nuevo aquí para exigir que se cumpla lo pactado. Además, que esta noche no se efectúe ninguna acción de fuerza o de carácter judicial contra ninguno de los opositores. ¿Estamos de acuerdo?

—Transmitiré sus palabras, señor vicepresidente.

Poco a poco la multitud fue separándose por las distintas calles, con paso cansado. La mayor parte sabía que se obtuvo el éxito, aunque hubiesen preferido salir de ahí sabiendo que Manizales no se encontraba en el poder.

Al regresar, el vicepresidente acompañó a su hermano hasta la casa de los padres de Julieta, y le pidió que fuera comprensivo con ellos, que no les revelara los detalles de lo sucedido y que tratara de darles algún consuelo. Él aceptó lo encomendado y se quedó un rato en la casa de sus suegros, donde se encontraba desde temprano Ana Gabriela con su hijo, acompañando a los dos señores.

Simón retornó a la casa con su esposa y el niño, y la puso al tanto de las incidencias de ese día que ya finalizaba.

—Espero que mañana podamos decir que hemos vuelto a la normalidad.

—Mi amor, ¿confías en ese ministro? ¿Crees que cumplirá?

—Tiene que hacerlo. Él pensaba que tenía el poder y el pueblo le demostró que no era así. Nos costó mucho, pero pudimos alinear las conciencias de muchos en una sola línea, apegada a la legalidad. Eso nos dio el triunfo.

—Escucharte decir eso me da ánimos —y se recostó en el hombro de su marido y se sintió más unida a él que nunca.

El jueves amaneció con una noticia inesperada. El gobierno se aprestaba a rendirle honores al presidente fallecido, pero ahora nadie sabía sobre el paradero del ministro Manizales, por lo que se llamó al vicepresidente Valdivieso, para que se hiciera cargo de la conducción de las honras fúnebres. Simón era el más preocupado por el curso de los acontecimientos.

—Temo que alguien lo haya secuestrado, para afectarnos. Eso sería terrible —le manifestó a su esposa antes de salir—. Él debe estar en su cargo hoy, cumplir con lo que tanto deseaba y luego ser parte del cambio que debe hacerse.

—Yo también temo que le hayan hecho algún daño —expresó Ana Gabriela—. ¿Sabes? Llamé a su esposa, apenas me enteré de los rumores que circulan.

—¿Y qué te dijo?

—La pobre mujer está preocupadísima, y la comprendo.

—Ahora tengo que salir. Por el camino hablaré con Ramiro Moreno, a ver qué sabe sobre el asunto. Mi amor, deberás estar en el sepelio, es un asunto protocolar, lo sabes, ¿verdad?

—Sí, pero no quise despertar al niño tan temprano. Llegaré más tarde.

—Perfecto, allá te espero.

El jefe policial no tenía respuestas para la desaparición del ministro Manizales, si bien estaban buscándolo ya en diversos sitios. Eso sí, tenía una pista que, evaluándola bien, podía darles optimismo.

—Vicepresidente —señaló Moreno—. Quizás sea interesante saber que hay otra persona que no aparece.

—Caramba, eso no es bueno. ¿De quién se trata?

—De Anita Restrepo.

—El nombre no me dice nada. ¿Quién es?

—La amante de Manizales.

—¿Qué? ¿Él tenía una amante?

—Pues sí, esta joven convivía con él desde los inicios de este gobierno.

—Nunca lo supe.

—Pero mucha gente sí, señor. Y ya nos reportaron que ella no está en su casa. Al parecer salió de viaje apresuradamente.

—Moreno, esto suena a bochinche. Averigüe bien el asunto y me da un reporte completo. Espero verlo en el sepelio.

—Sí, señor.

Con excepción del hecho de que los asistentes eran más numerosos, las exequias del presidente Rigoberto

González transcurrieron con bastante normalidad. Los restos del hombre, previamente cremados por decisión de la familia, se encontraban en una urna de mármol adornada con cintas, una foto de él y la bandera nacional. Al lado, cuatro policías ataviados con sus uniformes de gala rodeaban la urna.

Tal como estaba previsto, las delegaciones extranjeras fueron escasas y de bajo perfil, en parte por las pésimas relaciones que mantuvo el presidente fallecido con los países de la región. Si bien él acostumbraba a ir a las reuniones multinacionales, solo acudía a la toma de la foto oficial y luego se perdía por la ciudad, dejando a sus representantes en la mesa de conversaciones. Más de una vez se reportó que aprovechaba el tiempo para conocer los encantos de esos países, en particular si estos venían en una botella o usaban faldas cortas y ajustadas. Así que poco compromiso sintieron sus colegas con su partida, sobre todo sabiendo el clima de intranquilidad reinante.

Hubo algunos que hasta se miraron sorprendidos cuando en su homilía el sacerdote habló del fallecido, retratándolo como «un pastor del pueblo que lleva su rebaño hacia las mejores tierras. Donde crece la hierba más saludable, y vela porque permanezcan a salvo del lobo y de las fieras, y otros miraron a su cabizbaja esposa cuando se refirió a González como «hombre que honró a su familia con los valores morales que fortalecen a la Patria».

En medio del acto, mientras se cantaba un salmo, Ramiro Moreno tocó el hombro del vicepresidente y le deslizó en la mano su teléfono celular, en cuya pantalla Simón pudo leer un mensaje de texto enviado a Moreno por uno de sus subalternos. «Jefe, el avión presidencial no está en el hangar. Interrogamos a los custodios, quienes informaron que el ministro encargado de la presidencia llegó acompañado del piloto presidencial y de una dama, a eso de las 05:00 y partió sin plan de vuelo. Dijo que retornaría antes del sepelio».

El vicepresidente miró con seriedad a Moreno, en busca de una explicación, pero recibió como respuesta un ademán que representaba el vuelo de un ave.

Simón se inclinó para preguntarle al oído a Moreno:

—¿Escapó?

Pero el jefe policial le hizo otro ademán para indicarle que se quedara tranquilo. El vicepresidente respiró hondo y miró a la ministra Serrano, a su lado, pero la vio tan ensimismada que no quiso interrumpirla, y pensó para sus adentros: «Al parecer, los demonios de su conciencia fueron los que terminaron aconsejando a Manizales; ya lo decía yo, él no es hombre de palabra».

La ceremonia continuó con sus rituales, hasta que los restos fueron depositados en la cripta familiar, en los sótanos del templo. Se cumplió con los saludos de rigor entre los asistentes y luego cada uno marchó a su destino.

El vicepresidente Valdivieso tomó por un brazo a la ministra Serrano y le pidió que lo acompañara al palacio presidencial. Antes del sepelio, él había presentado su renuncia formal ante el pleno de la Asamblea, dejando allá a su hermano encargado de supervisar que esto se tramitara con la celeridad necesaria en ese momento. Ahora correspondía verificar que los ministros escogiesen a Aurora Serrano como la ministra encargada de la presidencia, y que ella designarara a su gabinete, nombrando nuevas personas o confirmando en el cargo a algunos, para después derogar todas las acciones tomadas en los últimos dos días por el ministro Manizales.

Simón Valdivieso sintió que hasta ahí llegaba su misión, pero antes se dirigió hasta donde se encontraba Ramiro Moreno hablando por teléfono. Apenas terminó, el jefe policial le reportó.

—Le pedí que no se preocupara. Hoy no es posible evadirse así, alegremente, y menos si uno ocupa el avión oficial de una nación.

—¿Lo encontraron?

—Así es, mantengo buenos contactos con Interpol internacional. Desde la sede local de ellos mandamos una alerta roja. El avión aterrizó en Santo Domingo y sus ocupantes fueron detenidos. Manizales llevaba credenciales que lo acreditaban como el presidente de este país, alegó inmunidad diplomática y no sé cuántas cosas más. Nada de eso valió, ya se sabía su historia.

—¿Y la chica? Dicen que es...

—Sí, la amante de él. Se sabe que tiene propiedades en ese país. Creo que pensaba radicarse allá, algo que no sé cómo se le pudo ocurrir. Contra ella no hay cargos. Estará detenida un par de días hasta que se concrete su deportación. Pero me extraña algo.

—¿Qué es?

—Yo pregunté que si llevaba dinero, algún maletín con plata. Pero no. Solo la suma que portaría cualquier vacacionista.

—¡Ja, ja, Moreno! No te hagas el ingenuo. El dinero no siempre viaja en maletas. Para eso están las transacciones electrónicas. Velaré porque se le practique una profunda auditoría a las cuentas de ese señorón. Esa actitud de escapar hacia allá solo me dice una cosa: él pretendía quedarse lejos de la justicia y contaba con medios para sostenerse largo tiempo o para siempre en ese país. Así que habrá que ver en dónde guardan esos ahorros y a cuánto ascienden. Y veremos cuántos otros guardan esta clase de alcancías.

Esta observación no pareció agradarle a Moreno, quien se excusó diciendo que debía atender varios asuntos pendientes en el cuartel.

A un mes del sepelio del presidente, el candidato oficial Arístides Jaén renunció a su carrera electoral, apabullado por el poco apoyo a su candidatura expresado en las encuestas de opinión, y lamentando además el no recibir respaldo gubernamental.

Unas semanas antes de las elecciones, el diputado Valdivieso viajó al exterior por unos días, en compañía de Adelina Moreno, quien logró formalizar su divorcio para casarse finalmente con el amor de su vida. Al regreso del viaje, se presentó en casa de Simón, y lo esperó hasta que este volvió de una caravana que le organizaron varios grupos de simpatizantes en apoyo a su candidatura.

—¡Hermano! —exclamó, apenas lo vio—. Te fuiste de luna de miel sin avisarme. Pero como que no te fue bien por allá…

El diputado llegó hasta él y le dio un abrazo, mientras le decía, sollozando:

—Monsi, tengo cáncer, me lo confirmaron en Houston.

—¡Qué estás diciendo!, ¿desde cuándo estás enfermo?

—Hace diez días me dieron el diagnóstico, pero no lo creí. Me siento bien y pensé que era un error. Por eso salimos hacia Estados Unidos sin avisarle a nadie.

—Oh, perdona, y yo suponiendo que me dejaste solo con la campaña para gozar unos días de privacidad con tu esposa.

—Quizás debí decirte. Pero esperaba que fuera un error. El médico en Estados Unidos me lo confirmó.

Simón se sintió culpable, su hermano siempre fue una ayuda fundamental en su carrera política; sin embargo, él no estuvo allí, con él, en esos momentos tan importantes, y ahora se estaba muriendo y él no podía hacer nada para salvarlo. No pudo contener las lágrimas que resbalaban por su rostro. Muy pocas veces lloraba, y eso sucedía solo en instantes de gran trascendencia en su vida. Como esa vez, siendo pequeño, tanto que casi no lo recordaba, cuando sus padres discutieron y su madre empacó la ropa de su papá y le pidió que se fuera de la casa. Recuerda que lloró tan fuerte que sus padres temieron que algo malo le pudiera pasar y dejaron lo de su separación a un lado. Se acercó a su hermano, lo abrazó y él dijo:

—Ten fe en Dios, vas a curarte.

—Monsi, tienes que orar conmigo.

—Lo haré, no tengas dudas. Eres un guerrero.

—La próxima semana iniciaré la quimioterapia.

—¿En dónde? ¿En Estados Unidos?

—No, los médicos nuestros son buenos. Además, no quiero morir en tierra extraña.

—Por favor, no vuelvas a hablar de esa manera. Te cuidaré, pero debes tener fe. Si es preciso, renunciaré a mi candidatura, Justo Sucre podrá ser un buen presidente.

—No, eso sí que no, Monsi. Entonces, si es verdad que me moriría. No hemos pasado todos esos sinsabores para quedarnos a medio camino. Tú tienes que vencer, hermano.

—Entonces, prométeme que venceremos, y que nos ayudaremos a salir bien librados ambos.

—Está bien. Lo haré. Vamos a ganar, Monsi.

—¿Ves, querido hermano? Eso suena mejor. No vas

a rendirte aquí. Recuerda que «el hombre propone y Dios dispone».

—La abuela agregaba: y se mete el diablo y lo descompone.

—¡Ja, ja! Tienes muchos años por delante. Estoy seguro de que sanarás y tú también serás presidente.

—Siempre quise eso, pero te adelantaste.

—No, es que tu hora no es esta; la tuya está en el futuro, y debes llegar allá.

Y ambos hermanos se fundieron en un caluroso abrazo que les sirvió para reconfortarse mutuamente. Los dos tenían un duro camino por recorrer: el diputado, por su vida; Simón, por la presidencia.

Y aunque las elecciones ya estaban a la vuelta de la esquina, y aunque él figurase como el favorito, sabía que tenía que esforzarse hasta el último día de campaña, porque todas las opciones parecían abiertas a lo impredecible.

El exministro Manizales regresó al país, esposado y escoltado por agentes policiales que lo entregaron al pie del avión en que regresaba. Envejecido y debilitado, ya no era aquel funcionario mordaz, gritón y obsceno en su trato que el país conoció en tiempos de Rigoberto González. Ahora era un vejete refunfuñón al que le gustaba decir que él era un presidente derrocado por una confabulación internacional entre los iluminatis, Simón Valdivieso, el Opus Dei y los narcotraficantes.

Al verlo declarar incoherencias ante los medios de comunicación que lo aguardaban, muchos pensaron que se hacía el loco para no tener que enfrentar la justicia. Sin embargo, si eran ciertas las promesas de campaña de los candidatos, solo un examen riguroso practicado por profesionales de reconocida trayectoria podría eximirlo de rendir cuenta por el cúmulo de delitos conocidos, y otros que estaban aflorando a medida que se escarbaba en los años de la administración González.

Y no era para menos, el gobierno que presidió el difunto mandatario se caracterizó siempre por decir una cosa y hacer otra; por anunciar una medida en la mañana y contradecirla por la tarde. Por esa razón ya nadie creía en nada de lo que hicieran o dijeran sus más conocidos representantes.

En esos momentos de la historia, todas las máscaras habían caído.

OBRAS PUBLICADAS

Caminos y encuentros
Y era lo que nadie creía
Travesías mágicas
La noche oscura
La cárcel de temor
Roberto por el buen camino
La raíz de la hoguera
Los ángeles del olvido
No hay Trato
Mujeres en fuga
Agenda para el desastre
Niña bella
El retorno de los bárbaros
El crepitar de la Hoguera
Diagnóstico: N. P. I.
Los misterios del olvido
El arcoíris sobre el pantano
El poder desenmascara
Un grito desde el silencio/ el oscuro abismo del bullying
El murmullo de la sombra
Vida de compromiso
La noche no dura para siempre
Se presume culpable
Veinte años Después
La burbuja invisible
Solo en la noche se observan las estrellas
¿Qué vamos a hacer después de lo que nos hicieron?
En el umbral del olvido
El maestro de los sueños